AF746276

www.ingramcontent.com/pod-product-compliance
Lightning Source LLC
LaVergne TN
LVHW050949051026
849532LV00005B/1773
* 9 7 8 9 3 5 8 7 2 1 5 8 4 *

زندگی اے زندگی

(رسالہ 'ذہن جدید' کے شماروں سے منتخب شدہ افسانے)

مرتب:

زبیر رضوی

Zindagi aye Zindagi *(Short Stories)*
Edited by: Zubair Rizvi
Edition: November '2023
Publisher & Printer:
Taemeer Publications LLC (Michigan, USA / Hyderabad, India)

ISBN 978-93-5872-158-4

9 789358 721584

کتاب	:	**زندگی اے زندگی** (افسانے)
مرتب	:	**زبیر رضوی**
صنف	:	فکشن
ناشر	:	تعمیر پبلی کیشنز (حیدرآباد، انڈیا)
سالِ اشاعت	:	۲۰۲۳ء
صفحات	:	۷۲
سرورق ڈیزائن	:	تعمیر ویب ڈیزائن

فہرست

بگولا

نیر مسعود

● چودھری صاحب سے میری ملاقات اتفاقیہ ہوئی تھی۔ یوں تو میں ان کو بہت دن سے دیکھ رہا تھا ۔میں تنہا رہتا تھا۔عزیزوں میں اب کوئی نہیں تھا۔اپنا مکان بھی نہیں تھا۔معمولی کرائے پر ایک چھوٹا سا کمرہ لے رکھا تھا۔ ہوٹل میں کھاتا تھا اور ہوٹلوں کے کھانے سے بیزار تھا۔ اسی ہوٹل میں چودھری صاحب بھی کھاتے تھے۔اسی طرح قریب قریب روز ہمارا ساتھ اسی ہوٹل میں ہوتا تھا۔لیکن بہت دن تک ہم میں کوئی بات چیت نہیں ہوئی۔ وہ ہوٹل میں آتے، سر جھکا کر خاموشی سے کھانا کھاتے اور چلے جاتے تھے۔ایک دن وہاں کا کھانا میری برداشت سے باہر ہو گیا۔ میں نے دو نوالے کھا کر ادھر ادھر دیکھا۔ چودھری صاحب پر نظر پڑی۔ وہ بھی کھانا چھوڑے بیٹھے تھے ہم دونوں ایک ساتھ اٹھ کر ہاتھ دھونے گئے۔

''اب یہ کھانا نہیں چل رہا ہے'' میں نے راستے میں ان سے کہا۔

''میر، تو برسوں سے بھگت رہا ہوں، وہ بولے چلیے آغا صاحب سے بات کرتے ہیں۔''

آغا صاحب ہوٹل کے مالک تھے۔ بہت سیدھے آدمی تھے۔ہم دونوں کو دیکھ کر خود ہی کہنے لگے:

'آج اچھا نہیں پکا ہے۔''

ہم نے کھانے کی برائی نہیں کی لیکن چودھری صاحب نے کہہ دیا کہ اب سے ہم صرف دال روٹی اور چاول کھایا کریں گے۔آغا صاحب کچھ پریشان نظر آئے تو چودھری صاحب نے کہا کہ کھانے کی ماہوار رقم میں ہم کوئی کمی نہیں کریں گے۔ یہی دال چاول تازہ پکے ہوئے ہوں آغا صاحب کو کیا اعتراض ہو سکتا تھا۔ راضی ہو گئے لیکن اتنا کہا:

''صاحب اچھا نہیں لگتا''۔

''نہیں ہمیں اچھا لگے گا۔کیوں صاحب؟'' انھوں نے مجھ سے پوچھا۔

مجھے خالی دال روٹی کھانے کا خیال اچھا نہیں لگا لیکن میں نے ان کی تائید کر دی۔ کچھ دن بعد مجھے وہی سادہ گھر کا کھانا اچھا معلوم ہونے لگا۔آغا صاحب کبھی کبھی کوئی اچھا پکوان بھی پیش کرتے اور کہتے:

''یہ بالکل تازہ ہے، آپ کو پسند آئے گا۔''

اب ہم کھانا کھاتے ہیں ادھر اُدھر کی باتیں بھی کرنے لگے۔انھیں گفتگوں میں مجھے اندازہ ہوا کہ چودھری صاحب مجھ سے کہیں زیادہ باتیں جانتے ہیں اور دنیا کے حالات سے بہت باخبر ہیں۔ البتہ کبھی کبھی وہ باتیں کرتے کرتے کھو سے جاتے، پھر اپنے آپ جیسے ہوش میں آجاتے اور اِدھر اُدھر کی باتیں کرنے لگتے

تھے۔

ایک دن وہ کھانا ختم کر کے کافی دیر تک کھوئے رہے۔ پھر چونک کر بولے:

"چائے پی جائے"۔

آغا صاحب کے ہوٹل میں ایک کنارے پر چائے کا بھی انتظام تھا۔ میں نے چائے والے لڑکے کو اشارہ کیا، لیکن چودھری صاحب اٹھ کر کھڑے ہوگئے۔

"گھر پر پئیں گے۔" انھوں نے کہا "یہاں چائے اچھی نہیں ملتی۔"

ان کا گھر ہوٹل کے سامنے ہی تھا میں پہلی بار وہاں گیا۔ چھوٹے سے دروازے کے پیچھے تنگ سا نیم تاریک زینہ تھا۔ زینے سے متصل ایک اور چھوٹا دروازہ تھا۔ پہلے ہم اسی دروازے سے ہوکر مکان کے صحن میں داخل ہوئے اس کی نیچے کی منزل میں صرف چھوٹا سا صحن تھا اور ایک دالان، زینے کے پہلو میں دو دروازے غالباً غسل خانے وغیرہ کے تھے۔ ان کے آگے پانی کا نل تھا۔ صحن میں ایک طرف ایک کیاری تھی جس میں بچوں کے پودے لگے ہوئے تھے۔ ایک امرود کا پرانا درخت بھی تھا جس کی شاخیں اوپری منزل کی کھڑکی تک پہنچ رہی تھیں۔ چودھری صاحب دالان میں چائے کا سامان اٹھالائے تو صاف ظاہر تھا کہ مکان میں وہ تنہا رہتے ہیں۔

"بس یہ برتن دھولوں" انھوں نے کہا اور نل کے نیچے برتن دھونے لگے۔ اچانک مجھے محسوس ہوا کہ کیاری میں پودوں کے درمیان کوئی بیٹھا ہوا ہے۔ میں نے ادھر غور سے دیکھا۔ یہ دوزانو بیٹھے ہوئے ایک بچے کا مجسمہ تھا، جو چکنی مٹی سے بنا کر پکالیا گیا تھا۔ مجھے مجسمہ سازی کے بارے میں کچھ معلوم نہیں تھا، لیکن اس مجسمے کی جسامت اور بچے کے بیٹھنے کا انداز ایسا تھا کہ ایک نظر میں اس پر زندہ ہونے کا دھوکا ہوتا تھا۔ اس پرانی وضع کے مکان میں وہ کچھ بے جوڑ معلوم ہو رہا تھا۔ مجھے چودھری صاحب کی آواز سنائی دی:

"یہ ہماری لڑکی نے بنایا تھا۔"

وہ چائے کی دھلی ہوئی پیالیاں ہاتھ میں لیے کھڑے تھے۔ میں نے کہا:

"بہت خوبصورت ہے۔ بالکل زندہ معلوم ہوتا ہے۔"

"آیئے"، انھوں نے کہا۔ ہم واپس ہوئے اور تنگ زینہ چڑھ کر اوپر پہنچے۔

اوپر ایک بڑا کمرہ تھا۔ اس سے ملا ہوا ایک چھوٹا کمرہ تھا۔ چودھری صاحب بڑے کمرے میں رہتے تھے۔ ان کا شاید سارا سامان اسی بڑے کمرے میں تھا۔ ایک میز، دو کرسیاں، دو دیواری الماریاں جن میں کتابیں بھری ہوئی تھیں۔ وہیں مونڈھوں پر پرانے اخبار ڈھیر تھے۔ میز پر لکھنے کا سامان، اور تازہ اخبار رکھا ہوا تھا۔ ایک کونے میں مٹی کے تیل کا چولھا، چائے کی پتی، دودھ، شکر وغیرہ۔ دیواروں پر کئی تصویریں ٹنگی ہوئی تھیں۔ ایک فوٹوگراف میں چودھری صاحب ایک جوان عورت کے ساتھ کھڑے تھے۔ اور خود بھی جوان تھے۔

دونوں کے لباس سے معلوم ہوتا تھا کہ یہ چودھری صاحب کی شادی کے وقت کی تصویر ہے۔ میں نے سب چیزوں کو سرسری دیکھ لیا۔ اتنی دیر میں چودھری صاحب چائے بنا کر لے آئے۔

اس دن ہم نے زیادہ دیر تک باتیں کیں۔ انھی باتوں میں مجھے اندازہ ہوا کہ کسی زمانے میں چودھری صاحب خاصے یار باش آدمی تھے" لیکن اب ان کا کوئی دوست نہیں تھا۔ زیادہ تر دوستوں سے ملنا ختم ہو چکا تھا۔ کچھ مر گئے تھے۔ میں نے بھی ان کو باتوں باتوں میں اپنے حالات بتا دیے۔ کئی بار میرا جی چاہا کہ ان سے ان کی بیٹی کے بارے میں پوچھوں جس کا بنایا ہوا مجسمہ نیچے کیاری میں رکھا ہوا تھا۔ لیکن جب بھی میں نے مجسمے کا ذکر چھیڑا ادھر ادھر کی باتیں کرنے لگے۔ آخر میں اٹھ کھڑا ہوا اور جاتے جاتے بولا:

"چائے بہت اچھی تھی۔"

"بس تو پھر کھانے کے بعد چائے میرے ساتھ پیا کیجیے۔" چودھری صاحب نے جواب دیا۔" آپ سے باتیں ہوا کریں گی۔" اور میں ان سے ہاتھ ملا کر چلا آیا۔

ایک مہینے یا شاید دو مہینے کے بعد چودھری صاحب نیچے چائے کے برتن دھو رہے تھے۔ میں نے ایک بار پھر دیواروں پر ٹنگی تصویروں کو دیکھنا شروع کر دیا۔ زیادہ تر تصویریں قدرتی منظروں کی تھیں۔ ایک تصویر جس پر پہلے میری نظر نہیں پڑی تھی، کسی نوجوان لڑکے کے چہرے کی تھی۔ یہ پنسل سے بنائی گئی تھی اور دھندلی پڑ گئی تھی۔ لیکن اس کی آنکھیں گہرے سیاہ رنگ کی تھیں اور پوری تصویر میں سب سے نمایاں نظر آ رہی تھیں۔ میں نے قریب جا کر دیکھا تو ان میں عجیب سی وحشت نظر آئی، میں اسے دیکھے جا رہا تھا کہ چودھری صاحب اوپر آ گئے۔ وہ میرے قریب آ کر کھڑے ہو گئے اور میرے منہ سے بے ساختہ نکلا:

"اس کی آنکھیں کچھ آسیبی سی ہیں۔"

"ہماری لڑکی ہے،" انھوں نے کہا اور چپ ہو گئے۔ میں نے سوچا مجھے اس طرح نہیں بول پڑنا چاہیے تھا، لیکن اب کیا ہو سکتا تھا۔ میں نے کچھ اور باتیں شروع کیں وہ گم سم رہے، اور میں جلدی ہی وہاں سے چلا آیا۔

اس کے دوسرے دن وہ کھانا کھانے نہیں آئے۔ میں نے آغا صاحب سے ان کو پوچھا۔ انھوں نے جواب دیا۔

"وہ اپنے دوست کے یہاں چلے گئے ہوں گے۔"

"ان کے دوست بھی ہیں؟"

"صرف ایک، ان کے یہاں کبھی کبھی چلے جاتے ہیں،" آغا صاحب نے کہا،" باقی اب ان کا کوئی دوست نہیں ہے۔ البتہ آپ سے وہ گھل مل گئے ہیں۔"

''اور آپ سے؟''

''وہ ہمارے سب سے پرانے گاہک ہیں۔ سب سے ہنستے بولتے تھے۔ ہم سے بھی بڑی محبت سے بات کرتے تھے۔ بیٹی کے بعد سے وہ بدل گئے۔ پڑوسیوں سے ملنا جلنا چھوڑ دیا۔ ہم نے ہوٹل کھولا تو ہمارے یہاں کھانے لگے۔ کبھی کبھی ہم سے بات کر لیتے ہیں۔ اسی کو گھلنا ملنا کہہ لیجے۔

''ان کی بیٹی مر گئی؟''

''نہیں، کہیں چلی گئی، کمال کی بچی تھی۔ ہم کو چچا کہتی تھی۔''

''پتا نہیں چلا کہ کہاں گئی؟''

''بس گھر ہی سے غائب ہو گئی۔ ان دنوں اغوا کرنے والے فقیروں کا بہت چرچا تھا جو اپنے شکار پر معلوم نہیں کیا منتر پھونکتے تھے کہ شکار بے سدھ ہو کر ان کے پیچھے پیچھے چلا جاتا تھا۔

''کتنی بڑی تھی؟''

''جوان ہو رہی تھی؟''

''ہو سکتا ہے اپنے کسی دوست کے ساتھ......''

''نہیں نہیں، وہ ایسی لڑکی نہیں تھی، اور اس کا کوئی دوست بھی نہیں تھا۔''

پھر ہوٹل میں کئی گاہک ایک ساتھ آ گئے۔ آغا صاحب ادھر متوجہ ہو گئے اور میں کھانا کھا کر چلا آیا۔

چودھری صاحب دوسرے دن ہوٹل میں آئے۔ اپنے دوست کے ساتھ ان کا وقت شاید اچھا گذر رہا تھا۔ وہ خوش نظر آ رہے تھے۔ ہم چائے پینے ان کے گھر گئے، تب بھی وہ خوش خوش باتیں کر رہے تھے۔ اس میں کسی آدمی کی دولت کا ذکر آ گیا۔ میں نے کہا ہم لوگ تو اتنا پیسہ خواب میں بھی نہیں دیکھ سکتے۔ اس پر چودھری صاحب نے اچانک سنجیدہ ہو کر پوچھا۔

''آپ خواب دیکھتے ہیں۔؟''

''اکثر دیکھتا ہوں لیکن عجب اوندھے سیدھے خواب ہوتے ہیں۔ جاگنے کے بعد یاد بھی نہیں رہتے۔''

''میں خواب نہیں دیکھتا۔''

''یہ کیونکر ممکن ہے؟'' میں نے پوچھا۔

''پہلے دیکھتا تھا، لیکن اس لڑکے کے واقعے کے بعد سے میں نے کوئی خواب نہیں دیکھا۔''

میں خاموش رہا۔ سمجھ گیا تھا کہ وہ کوئی واقعہ سنانے جا رہے ہیں۔ اور انھوں نے کہنا شروع کیا:

''وہ لڑکا ہمارے پڑوس میں رہتا تھا۔ باپ کسی دفتر میں افسر تھے۔ بدمزاج آدمی تھے۔ میرا ان سے ملنا جلنا نہیں تھا۔ لڑکا سیدھا سادھا اور اپنے باپ سے ڈرتا تھا۔ وہ ہمارے گھر میں آتا جاتا تھا۔ ایک دن

دوپہر کا وقت تھا، وہ اپنے کمرے میں سو رہا تھا۔ اچانک اٹھ کر بیٹھ گیا اور رونے لگا۔ پوچھنے پر بتایا ابھی اس کو سامنے والی دیوار پر ایک لڑکا بیٹھا دکھائی دیا جو خوب ہنس رہا تھا۔ اور ہنستے ہنستے اس نے کہا، ''تمہارے ابا سلائے جا رہے ہیں''۔ پھر وہ دیوار سے باہر کود گیا۔ یہ اس نے روتے روتے بتایا اور اس کے بعد زور زور سے رونے لگا۔ گھر والوں نے اس کو سمجھایا کہ تم نے خواب دیکھا ہے۔ لیکن وہ روتا رہا۔ پھر اس نے باپ کو بلوانے کی ضد شروع کی اور اس میں اتنا ہنگامہ کیا کہ کسی کو دفتر میں بھیج کر باپ سے کہلایا گیا کہ آپ کے بیٹے کی طبیعت اچانک خراب ہوگئی ہے، فوراً گھر چلے آیئے۔ وہ آگئے۔ اتنی دیر میں لڑکے کی حالت سدھر گئی تھی۔ باپ کو سارا قصہ سنایا گیا۔ وہ خوب ہنسے۔ تھوڑا بگڑے بھی اور آفس جانے لگے اس نے پھر رونا شروع کر دیا۔ مجبوراً انھوں نے آدھے دن کی رخصت لے لی اور کچھ دیر لڑکے کو بہلانے کے بعد اپنے کمرے میں چلے گئے۔ لڑکا پھر سو گیا۔ لیکن کچھ ہی دیر بعد جاگا تو اس کی گھگھی بندھی ہوئی تھی۔ اس نے بتایا کہ وہی لڑکا پھر دیوار پر بیٹھا ہنس رہا تھا۔ پھر اس نے کہا ''تمہارے ابا سو گئے،'' اور دوسری طرف کودنے سے پہلے ایک بار پھر کہا، ''سو گئے'' اس نے اس لڑکے کی شکل وصورت بھی بتائی اور یہ بھی کہ اس کے ماتھے پر پان کی شکل کا ایک زخم تھا جس سے خون بہہ رہا تھا۔ اب گھر والے چونکے اس لیے کہ اس شکل وصورت کا ایک لڑکا پڑوسی کے ایک گھر میں رہتا تھا۔ اس کے ماتھے پر ایک پتھر کہیں سے آکر لگا تھا اور اسی سے اس کی موت ہوگئی تھی۔ لیکن یہ بہت پرانا واقعہ تھا اور اس کی موت کے وقت یہ لڑکا پیدا بھی نہیں ہوا تھا اس نے پھر باپ کو بلانے کی ضد شروع کر دی تو اسے بتا دیا گیا کہ وہ گھر ہی میں موجود ہیں۔ احتیاطاً ایک آدمی انہیں بلانے ان کے کمرے میں گیا دیکھا وہ کرسی پر بیٹھے ہوئے تھے۔ قریب جا کر دیکھا تو معلوم ہوا مرے پڑے ہیں۔

چودھری صاحب نے یہ قصہ خاصے سپاٹ انداز میں بیان کیا تھا لیکن سچی بات یہ ہے کہ میں اسے سن کر ڈر گیا اور یہ بات میں نے چودھری صاحب سے بھی کہہ دی۔ وہ بولے:

''ہاں، اس واقعے کے بعد کوئی ایک مہینے تک مجھے بھی گیارہ برس کے ہر لڑکے سے ڈر لگتا رہا، خاص طور پر جب کوئی لڑکا بے سبب ہنستا نظر آتا تو میرا دل دھڑکنے لگتا تھا اور میں سوچتا دیکھیں وہ کیا خبر سناتا ہے۔ پھر یہ کیفیت ختم ہوگئی۔ اس وقت خوابوں کے ذکر پر یہ قصہ مجھے یاد آگیا۔

''اور وہ لڑکا...... وہ خواب دیکھنے والا لڑکا۔''

''وہ ابھی موجود ہے۔ بڑا ہو گیا ہے۔ معمولی سا نوجوان ہے اور اپنے باپ کو بھول چکا ہے۔''

اس کے بعد کے دنوں میں چودھری صاحب نے اس قسم کے کئی قصے سنائے۔ ان میں بعض بہت دلچسپ اور بعض بہت ڈراونے تھے۔ ایک دن ہم دونوں چائے پینے کے بعد باتیں کر رہے تھے۔ چودھری صاحب نے اپنے دوست کا کچھ ذکر کیا اور اس میں ان کا نام بھی لیا:

''اب عالم نواب ہی ہمارے دوست رہ گئے ہیں۔''

''عالم نواب؟'' میں نے پوچھا، ان کا نام عالم نواب ہے؟''

پھر میں خاموش ہو گیا۔ چودھری صاحب نے پوچھا:

''کیا آپ عالم نواب کو جانتے ہیں؟''

''نہیں''، میں نے کہا، ''میرے ایک پھوپھی زاد بھائی کا نام نواب عالم تھا۔ عالم نواب سن کر مجھے وہ یاد آ گئے۔''

''کیا اب وہ نہیں رہیں؟''

''معلوم نہیں، وہ ہماری آنکھوں کے سامنے غائب ہو گئے اور پھر نہیں ملے۔''

چودھری صاحب نے بے چینی سے پہلو بدلا اور بولے:

''آپ کو ان کا قصہ یاد ہے؟''

''اچھی طرح،'' میں نے کہا:

نواب عالم بھائی ہماری بگلی پھپھی کے لڑکے تھے اور خود بھی کچھ کچھ پاگل سمجھے جاتے تھے اکثر چپ رہتے اور کبھی منھ ہی منھ میں کچھ بولتے تھے میں ان سے بہت مانوس تھا، وہ بھی مجھ سے میری دلچسپی کی باتیں کرتے تھے اور مجھے پاگل نظر نہیں آتے تھے۔ ہمارے مکان سے ملا ہوا ایک احاطہ تھا جس کی مٹی بھربھری تھی۔ نواب عالم بھائی اکثر اس احاطے میں جا کر دیر دیر تک خاموش بیٹھے رہتے تھے۔ کبھی میں بھی ان کے پاس جا بیٹھتا تھا۔ جب ہوا تیز چلتی تو احاطے میں بگولے اٹھتے تھے۔ مجھے ان چھوٹے چھوٹے بگولوں کا تماشا دیکھنے کا شوق تھا۔ کوئی کوئی بگولا بہت تیزی سے گھومتا ہوا اٹھتا تو میں اس کے اندر کاغذ کے پرزے ڈال دیتا تھا۔ اور وہ بھی کچھ دیر بگولے کے ساتھ گھومتے رہتے تھے۔ میں نواب عالم بھائی سے بگولوں کے بارے میں کوئی بات کرتا تو وہ جواب دیتے:

''یہ الٹا بھنور ہے، مٹی میں پڑتا ہے،'' پھر خاموش ہو جاتے۔

ایک دن ہوا بہت تیز چل رہی تھی کچھ آندھی کی سی کیفیت تھی۔ احاطے میں بگولے زیادہ اٹھ رہے تھے۔ میں نے دیکھا ان کے پیچھے احاطے کے باہر کہیں سے ایک بہت بڑا گولا چلا آ رہا تھا۔ ایسا معلوم ہوتا تھا کہ کوئی سیاہ رنگ کا بہت اونچا کھمبا ہے جو گاتا ہوا احاطے میں داخل ہو رہا ہے۔ یہ عجیب منظر تھا اور اسے دیکھنے کے لیے ہمارے گھر کے لوگ اور محلے کے کئی آدمی احاطے میں جمع ہو گئے تھے۔ میں اور نواب عالم بھائی پہلے ہی سے وہاں موجود تھے۔

بگولا اب احاطے کے بیچ میں قائم تھا اور اپنی جگہ پر تیزی سے گھوم رہا تھا۔ نواب عالم بھائی اسے

دیکھے جا رہے تھے۔ پھر وہ کئی قدم آگے بڑھ کر بگولے سے قریب مل گئے۔ محلے والوں نے ان کو اس کے اس قدر قریب جانے سے روک دیا لیکن انھوں نے نہیں سنا۔ اتنی دیر میں بگولا بیٹھنا شروع ہوا اور آخر اس احاطے میں منتشر ہو گیا۔ لیکن نواب عالم بھائی وہاں نہیں تھے۔ وہ کہیں بھی نہیں تھے۔ ہم سب کی آنکھوں کے سامنے وہ اسی بگولے کے قریب کھڑے تھے اور ہماری آنکھوں کے سامنے غائب ہو گئے۔ چھوٹے سے احاطے میں کوئی جگہ ایسی نہیں تھی جو ان کو چھپا سکتی۔ ان کو احاطے کے باہر بھی ڈھونڈھنے کی کوشش کی گئی، مگر بے سود۔

وہ پھر کسی کو نہیں ملے۔ قیاس آرائیاں بہت کی گئیں سب بے اصل تھیں۔ ایک نے بتایا کہ اسے بگولے کے اوپری سرے پر دم بھر کے لئے ایک گھوڑے سوار دکھائی دیا تھا۔ ایک نے کہا کہ جب نواب عالم بھائی بگولے کے قریب پہنچے تو اس کا ایک حصہ دو ہاتھوں کی شکل میں ان کی طرف بڑھا تھا۔ یہ سب دیکھنے والوں کا وہم تھا۔ میں شروع سے آخر تک ان پر نظریں گاڑے رہا تھا وہ کھڑے کھڑے غائب ہو گئے تھے۔

ہمارے گھر میں بہت دن تک ان کا ذکر ہوتا رہا۔ کچھ عملیات بھی کئے گئے۔ پھر ان کا ذکر ختم ہو گیا۔ صرف بگی پھپھی کبھی کبھی پکارتی تھیں اور کبھی چپکے چپکے ان سے باتیں کرتی تھیں۔ پھر وہ بھی مر گئیں۔ آخر دم تک انھیں حسرت رہی کہ اپنے گم شدہ بیٹے کو ایک نظر دیکھ لیں۔

چودھری صاحب دیر تک کچھ سوچتے اور پہلو بدلتے رہے۔ پھر انھوں نے پوچھا:

''کیا یہ سچا واقعہ ہے؟''

مجھے کچھ برا معلوم ہوا میں نے کہا:

''آپ جانتے ہیں کہ مجھے قصے گڑھنے کا شوق نہیں ہے۔''

''نہیں، میرا مطلب ہے آپ نے اپنے بھائی کو اپنی آنکھوں سے غائب ہوتے دیکھا؟''

''میں ان سے بہت مانوس تھا۔ اس وقت اتنے دن بعد وہ یاد آئے تو پورا منظر آنکھوں کے سامنے آ گیا۔ مگر ظاہر ہے یہ واقعہ یقین نہیں آنے والا ہے۔''

''شاید کوئی بھی یقین نہ کرے۔'' انھوں نے کہا: ''میں اس پر یقین کرنا چاہتا ہوں۔''

انھوں نے کچھ اور بھی کہنا چاہا، مگر رک گئے۔ پھر کہنا چاہا، پھر رکے، آخر فیصلہ کر لیا اور آہستہ سے، جیسے اپنے آپ سے کہا:

''سنارا بھی اسی طرح غائب ہوئی۔''

''سنارا؟''

''میری بیٹی میں نے اس کا نام حسن آرا رکھا تھا۔ اس کی ماں اسے سنارا کہتی تھی۔'' وہ رکے اور ان کے ہونٹوں پر پھیکی سی مسکراہٹ آئی، میں سنارا کا ذکر اس طرح کروں گا جیسے وہ مر چکی ہو۔''

''میں نے بھی تو اب عالم بھائی کا ذکر اسی طرح کیا تھا،'' میں نے کہا۔ چودھری صاحب نے اثبات میں سر ہلایا اور بتانا شروع کیا:

''جب وہ پیٹ میں تھی تو اس کی ماں پر جنون کے دورے پڑنے لگے تھے۔ ولادت کے بعد بچی کو اس سے الگ رکھ گیا۔ کبھی جب وہ اسے دیکھنے کی ضد کرتی تھی تو میں اسے لے کر اس کے قریب جاتا، لیکن اس کی گود میں نہیں دیتا تھا کہ کہیں وہ جنون کے عالم میں اسے نقصان نہ پہنچا دے۔ وہ دور ہی سے ستارا کو دیکھ کر اس طرح ہاتھوں کو جنبش دیتی تھی جیسے اسے گود میں کھلا رہی ہو۔ ستارا ایک سال کی نہیں ہوئی تھی کہ ماں نمونیا میں مر گئی۔ میں نے ستارا کی پرورش تنہا کی۔ وہ بہت سمجھدار اور نیک بچی تھی۔ ظاہر ہے، مجھ کو بہت چاہتی تھی اور اپنے چھوٹے چھوٹے ہاتھوں سے میرے بالوں میں کنگھی کرتی تھی۔ میں اس زمانے میں اخباروں کے لیے لکھتا تھا۔ ستارا کی وجہ سے میرے کالم کا حرج ہوتا تھا۔ وہ اب بڑی ہو رہی تھی اور اسے تصویریں بنانے کا شوق ہو گیا تھا۔ یہ مجھے غنیمت معلوم ہوا اور میں نے اسے اپنے ایک بنگالی دوست کے آرٹ اسکول میں داخل کرا دیا۔ اب اس کا زیادہ وقت اسکول میں اور گھر پر بھی اپنے مشغلے میں گذرنے لگا۔ وہ اسی برابر والے کمرے میں کام کرتی تھی اور میں یہاں اپنے لکھنے پڑھنے میں لگا رہتا۔

ایک دن ان بنگالی دوست نے مجھ کو بلوا کر کہا کہ یہ لڑکی غیر معمولی صلاحیت کی ہے اور میں اس کو اسی اسکول میں رہنے دوں۔ اس کے بعد وہ کئی برس تک مجھ سے بے تعلق سی رہی۔ بلکہ اصل بات یہ ہے کہ میں اس سے بے تعلق رہا۔ پھر بھی وہ گھر کا اور میرا کام کاج بڑے شوق سے کرتی رہی۔ میں نے اس کی مصوری وغیرہ میں کوئی خاص دلچسپی نہیں دکھائی لیکن جب وہ کوئی نئی چیز بناتی تو مجھے ضرور دکھاتی تھی۔ اسی زمانے میں اس نے وہ نیچے والا مجسمہ بنایا اور اس کا کچھ نام بھی رکھا جو عجب ہے کہ میں بالکل بھول گیا ہوں۔ اس کے بعد اس نے کاغذ پر اپنی یہ تصویر بنائی۔''

انھوں نے لڑکی کی تصویر کی طرف اشارہ کیا اور دیر تک اسے دیکھتے رہے۔ پھر بولے:

''اس کو اپنی اس تصویر پر بہت فخر تھا۔ وہ مجھے تصویر دکھانے کو لائی۔ اس دن میں نے ستارا کی آنکھوں کو غور سے دیکھا۔ بالکل اسی تصویر کی طرح مجھے اس کی آنکھوں میں عجیب وحشت سی دکھائی دی جسے آپ نے بھی تصویر میں محسوس کیا۔ یہ جنون والی وحشت نہیں تھی کبھی معلوم ہوتا تھا کہ یہ ہمارے زمانے کی آنکھ نہیں ہے، کبھی یہ کہ یہ انسانی آنکھ نہیں ہے لیکن حیوانی آنکھ بھی نہیں ہے۔

کم وقت میں لمبی کہانی سنا رہا ہوں۔ اس دن کے بعد میں ستارا سے کچھ ڈرنے لگا۔ پھر یہ ڈر بڑھتا گیا۔ میں نے اس پر اپنا خوف ظاہر نہیں کیا لیکن وہ بہت ذہین لڑکی تھی۔ کبھی کبھی مجھ کو بہت غور سے دیکھتی اور کچھ سوچنے لگتی تھی۔ اس وقت مجھ کو اس سے اور بھی ڈر لگتا اور اپنے ڈر پر غصہ بھی آتا ایسے ہی ایک موقعے پر ستارا

نے اچانک مجھ سے پوچھ لیا:

"کیا آپ ہم سے ناراض ہیں؟"

"نہیں تم تو ہماری بہت اچھی بیٹی ہو" میں نے کہا۔

"پھر آپ ایسے کیوں ہو جاتے ہیں؟" اس نے پوچھا۔

"کیسے ہو جاتے ہیں؟" میں نے جواب میں پوچھا۔

"جیسے ہم آپ کے کوئی نہیں ہیں،" اس نے بہت مایوسی کے ساتھ کہا۔

میں نے سوچا اسے بتا ہی دوں۔ میں نے کہا:

"بیٹی، ہم کو تم سے ڈر لگتا ہے۔"

مجھے شاید یہ نہیں کہنا چاہیے تھا۔ وہ سن کر چپ رہ گئی۔ اس نے مجھ سے ڈر کا سبب بھی نہیں پوچھا۔ اس کے بعد سے وہ چپ رہنے لگی۔ کئی بار میں نے اس سے بات کرنا چاہی لیکن وہ ایسی اداس نظروں سے مجھے دیکھنے لگتی کہ میری ہمت ٹوٹ جاتی۔

پھر میرے غصے نے میرے ڈر کو دبا لیا۔ اب مجھے اپنے آپ پر غصہ آنے لگا۔ میں نے سوچنا شروع کیا کہ میں کس حماقت میں پڑ گیا ہوں۔ ستارا کی آنکھیں اگر عجیب سی ہیں تو اس میں اس کا کیا قصور۔ میں نے اس کا بچپن یاد کیا اور یہ کہ میں نے کس طرح اس کی پرورش کی تھی اور وہ مجھ سے کتنی مایوس ہو گئی تھی۔ اب بھی شاید اتنی ہی مانوس تھی لیکن اب مجھ سے جھجکنے لگی تھی۔ اس کا سبب بھی میں ہی تھا۔ میرے سوا اس کا کوئی نہ تھا۔ اور میں اس کا سامنا کرنے سے کتراتا تھا۔ وہ کیا سوچتی ہوگی۔ اسے کیسا لگتا ہوگا۔ پھر بار بار مجھے یہی خیال آنے لگا کہ ستارا کو کیسا لگتا ہوگا۔ میں انھیں خیالوں میں گرفتار تھا۔ ستارا ہمیشہ کی طرح خاموشی سے میرے کام کرتی رہی۔ یہاں تک کہ وہ دن آ گیا۔"

انھوں نے ایک جھرجھری لی، خود پر قابو پایا اور کہنے لگے:

"میں اسی کمرے میں کام کر رہا تھا۔ ستارا نیچے صحن میں اپنے بنائے ہوئے مجسمے کو مٹی میں ٹھیک سے جما رہی تھی کہ اس کی آواز سنائی دی:

"ابا!"

میں نے کھڑکی کھول کر امرود کی شاخیں ہٹائیں۔ اب وہ صحن کے بیچ میں کھڑی تھی۔ ہوا تیز چل رہی تھی۔ میں نے دیکھا کہ صحن کی باہری دیوار سے ملا ہوا ایک بہت اونچا بگولا اپنی جگہ پر چکر کاٹ رہا ہے اور دھوپ میں اس کا سایہ ستارا پر پڑ رہا ہے۔ میں نے اوپر ہی سے پوچھا:

"کیا بات ہے بیٹی؟"

"ابا، ہمیں ڈر لگ رہا ہے۔" اس نے گھٹی ہوئی آواز میں کہا۔

عجیب بات تھی۔ جس لڑکی سے میں ڈرتا تھا، اب وہ کسی بات سے ڈر رہی تھی۔ اچانک مجھ پر اس کی

محبت کا دورہ سا پڑا۔ میں تیزی کے ساتھ نیچے اتر کر صحن میں آ گیا۔ بگولا غائب ہو چکا تھا اور ستارا دھوپ میں کھڑی تھی۔ میں نے دونوں ہاتھ اس کی طرف بڑھا کر کہا:

''میرے پاس آ جاؤ، بیٹی،''

اور اس کی طرف بڑھا۔ وہ بھی میرے قریب آ رہی تھی کہ اچانک غائب ہو گئی۔ بالکل آپ کے ان بھائی کی طرح۔ میں آدھے دن تک اس کو تلاش کرتا رہا محلے والے بھی تلاش کرتے تھے میں نے بتایا کہ دروازے پر مجھے ایک فقیر کی آواز سنائی دی تھی۔ اصل واقعہ بتاتا تو کون یقین کرتا۔ آج آپ نے اپنے بھائی کا قصہ سنایا تو میں نے پہلی بار......

''پھر آپ نے اس کو کبھی نہیں دیکھا؟''

''کسی صورت میں نہیں۔ خواب میں بھی نہیں۔ اس لڑکے کے بعد میں نے کوئی خواب نہیں دیکھا تھا پھر بھی مجھے یقین تھا کہ کبھی نہ کبھی میں خواب میں ستارا کو دیکھوں گا اس لیے کہ ہر وقت اس کا خیال مجھے آتا رہتا تھا، لیکن میں نے کوئی خواب نہیں دیکھا۔ اس کے غائب ہونے کے بعد کچھ دیر تک مجھے محسوس ہوتا رہا کہ وہ میرے آس پاس کہیں ہے اور میں اسے ادھر ادھر تلاش کرتا تھا۔ پھر وہ کیفیت ختم ہو گئی۔''

میں نے چودھری صاحب کو دوسری باتوں میں لگانا چاہا لیکن محسوس ہوا کہ وہ کہیں اور پہنچے ہوئے ہیں اور مجھے فراموش کر چکے ہیں۔ میں ان کے پاس سے اٹھ کر آ گیا۔

اس کے دوسرے دن چودھری صاحب پھر عالم نواب صاحب کے یہاں چلے گئے۔ وہاں ان کی طبیعت کچھ خراب ہو گئی۔ چار پانچ دن بعد انھوں نے کسی کو بھیج کر مجھے بلوایا۔ میں خود ان دنوں پریشان تھا۔ اس لئے کہ مجھے اپنے رہنے کا کمرہ چھوڑنا پڑ رہا تھا۔ مالک مکان کا داماد نواب صاحب کے یہاں گیا۔ وہ بھی تنہا رہتے تھے لیکن پیسے والے آدمی تھے اور کئی نوکر رکھتے تھے۔ دل چسپ آدمی تھے اور چودھری صاحب سے ان کی خاصی بے تکلفی معلوم ہوتی تھی۔ چودھری صاحب پلنگ پر لیٹے ہوئے تھے اور واقعی بیمار معلوم ہوتے تھے۔ دھیرے دھیرے بول رہے تھے۔ میں نے ان کی مزاج پرسی کی۔ اپنا حال بتایا۔ پھر وہاں سے چلا آیا۔

تین چار دن بعد انھوں نے پھر مجھے بلایا۔ اب ان کی طبیعت زیادہ خراب ہو گئی تھی، لیکن انھوں نے تفصیل سے میرا حال پوچھا۔ پھر کہنے لگے:

''عالم نواب چاہتے ہیں میں اب انھی کے ساتھ رہوں۔ اکیلے میں وہ بھی گھبرانے لگے ہیں۔''

''اچھا تو ہے،'' میں نے کہا،'' یہاں آپ کی دیکھ بھال کرنے کو ملازم موجود ہیں۔ علاج معالجے کی بھی سہولت رہے گی۔''

''اب اپنے مکان کی فکر ہے،'' انھوں نے کہا، پھر بولے،'' ایک تجویز ہے، اگر آپ اسے منظور کریں۔''

پھر انھوں نے خاصی تفصیل سے اپنی تجویز بتائی۔ وہ چاہتے تھے کہ میں ان کے مکان میں رہوں۔ کرایہ کچھ نہیں بس مکان کو درست حال میں رکھنا ہوگا۔ ان کا سارا سامان میرے اختیار میں ہوگا۔ اس کا

جو چاہے کروں، اور اسی طرح کی کئی باتیں۔

میں ابھی تک اپنے لیے کسی ٹھکانے کا انتظام نہیں کر سکا تھا۔ چودھری صاحب کی تجویز مجھے معقول معلوم ہوئی اور میں نے اسے منظور کر لیا۔ انھوں نے تکیے کے نیچے سے ایک تحریر مجھے نکال کر دی۔

''میں نے یہ سب لکھ بھی دیا ہے،'' انھوں نے کہا، ''اس پر گواہی میں عالم نواب کے دستخط بھی کرائے ہیں۔''

''مگر آپ یہ سب کیوں کر رہے ہیں میں نے کہا،'' آپ ابھی بہت دن جیں گے۔ اچھے ہو کر اپنے گھر آجائیں گے۔ مجھے اکیلے چائے پینے میں مزہ نہیں آتا۔ ان کے ہونٹوں پر مسکراہٹ آئی۔

''نہیں عالم نواب چاہتے ہیں کہ میں اب...... پھر وہ کچھ رک کے آپ نے اپنے بھائی کا کیا نام بتایا تھا؟ عالم نواب سے ملتا جلتا نام تھا۔''

''نواب عالم'' میں نے کہا۔

''ان کا قصہ ذرا ایک بار پھر سنا دیجیے۔''

میں نے پھر سنا دیا۔ انھوں نے خامشی سے سن لیا اور کچھ نہیں بولے۔

واپس آکر میں نے اسی دن اپنا مختصر سامان اس مکان میں پہنچا دیا اور وہاں پہلی رات گذاری۔ میرا خیال تھا کہ شروع میں مجھے وہاں وحشت ہوگی لیکن ایسا کچھ نہیں ہوا۔ میں نے پورے مکان کا جائزہ لیا۔ چودھری صاحب کے کپڑے وغیرہ ایک بکس میں تھے۔ وہ میں نے عالم نواب صاحب کے یہاں پہنچا دیے۔ میں نے ستارا کا کمرہ بھی دیکھ لیا جہاں بیٹھ کر وہ تصویریں وغیرہ بناتی تھی۔ وہاں کچھ نہیں تھا۔ پورے مکان میں مجھے اس کی کوئی چیز نہیں ملی۔ کوئی لباس کوئی چپل کچھ نہیں۔ بس ایک وہ نیچے والا مجسمہ اور ایک چودھری صاحب کے کمرے میں اس کی تصویر رہ گئی تھی۔

میں تیسرے چوتھے دن ان کو دیکھنے جاتا تھا۔ وہ کمزور ہوتے جا رہے تھے آخر میں ان پر غفلت سی طاری رہنے لگی تھی۔ ہوٹل میں آغا صاحب ان کی خیریت مجھ سے دریافت کرتے رہتے تھے۔ ایک دن ان کو دیکھنے بھی گئے مگر انھوں نے آغا صاحب کو نہیں پہچانا۔ دوسرے دن سویرے سویرے آغا صاحب نے میرا دروازہ کھٹکھٹایا اور بتایا کہ عالم نواب صاحب کا ملازم آیا تھا۔ کچھ دیر ہوئی چودھری صاحب ختم ہو گئے۔

''اچھے آدمی تھے بیچارے''، انھوں نے کہا اور مجھ سے جنازے میں شرکت کا وقت طے کرنے لگے۔

ان باتوں کو عرصہ گذر چکا ہے۔ میں اب بھی اسی مکان میں رہتا ہوں۔ کبھی کبھی مجھے یہ ضرور محسوس ہوتا ہے کہ چودھری صاحب کمرے میں موجود ہیں۔ ستارا مجھے یاد نہیں آتی تھی، شاید اس لیے کہ میں نے اس کی تصویر ہٹا دی ہے۔ اس کو بھی عرصہ ہو گیا ہے۔ لیکن اب کچھ دن سے مجھے کبھی کبھی اس کی غیر موجودگی محسوس ہونے لگی ہے، اور کسی کسی وقت میں نے اپنے آپ کو اس سے باتیں کرتے بھی پایا ہے جس طرح بگی پھپھی نواب عالم بھائی سے باتیں کرتی تھیں۔

●●

کنڈ کا محراب ساز

مرزا حامد بیگ

● میرے لئے اس سرخ ٹوپی والے محراب ساز مستری کو بھول جانا ممکن نہ تھا لیکن اس دنیا کے سودھندے ہیں اور جیتے جی کے ہزار بکھیڑے۔ اس کی یاد رفتہ رفتہ دھندلاتی چلی گئی۔

ریل کی اس برانچ لائن پر مختلف حیثیتوں میں سفر کرتے ہوئے تیس برس گذر گئے۔ ٹکٹوں کی پڑتال کے دوران ہزاروں بدقماش اور بدکردار مسافروں سے ملاقات ہوئی اور سینکڑوں انہونے واقعات کا گواہ ٹھہرا۔ اللہ والے بھی بہت سے ملے۔ نہیں سمجھ پایا اس دنیا کے جھمیلے کو۔ اگلے برس انہی دنوں میں یہ نیلی وردی اتر جائے گی۔ بیٹھ جاؤں گا گھر میں۔ ٹکٹ کاٹنے والا کٹر کہیں رکھ کر بھول جاؤں گا اور سنبھال لوں گا آرام کرسی وقت کی گرد کو جھاڑ کر ایک ایک چہرہ لاؤں گا سامنے تب باتیں ہوں گی تفصیل کے ساتھ۔

ٹرین اپنی مخصوص رفتار کے ساتھ ہچکولے کھاتی، دھوئیں کے مرغولے اڑاتی، چلی جارہی تھی۔

جانے کیسے، آج برسوں کے بعد وہ سرخ ٹوپی والا محراب ساز مستری پھر یاد آ گیا۔ شاید اس لیے کہ وہ بھی دسمبر کی ایک ایسی ہی سرد رات تھی، جب معمول کی پڑتال کے بعد میں ایک خالی برتھ دیکھ کر تمبا کو پینے کی خاطر بیٹھ گیا تھا اور اس سے بات چل نکلی تھی۔

اس کی تاتاریوں جیسی مخروطی ستواں ناک، کرنجی آنکھیں اور چوڑے شانے مجھے اب تک یاد ہیں۔

اس نے سخت سردی میں صرف ایک سوتی کرتہ پہن رکھا تھا۔

میں نے اس سے پوچھا تھا: ”تمہیں سردی نہیں لگتی کیا؟“

وہ میرا سوال سن کر مسکرا دیا تھا اور اپنے قدموں میں رکھے ہوئے تھیلے کی طرف اشارہ کرتے ہوئے اس نے کہا تھا:

”صاحب! اس تھیلے میں کرنڈی، سالہ، تیشہ اور گرمالہ۔ ایک مستری کا سامان رکھا ہے۔ یہی تو دن ہیں کام کرنے اور جسم کے جوڑوں کو کھولنے کے۔“

میں اس وقت تک اس کے نام اور کام سے ناواقف تھا۔ اس سے کام کی نوعیت اور مہارت کی بات چلی تو برابر میں بیٹھا ہوا ایک مسافر سخت حیران ہوا، بولا:

”بابو جی، آپ انھیں نہیں جانتے ـــــ کنڈ کے ماتھے کا جھومر ہیں یہ ان کی باریک کرنڈی اور تیشے

کی شہرت دور دور تک پھیلی ہوئی ہے۔ حیرت ہے بابو جی کہ آپ انھیں نہیں جانتے۔''

میرے سامنے بیٹھے مستری نے یہ بات سن کر عاجزی سے اپنا سر جھکا لیا۔

''کیا واقعی، مستری؟'' میں نے استفسار کیا۔

''صاحب، کیا عرض کروں؟ میں کیا اور میری اوقات کیا۔ یہ تو اوپر والے کا خاص کرم ہے اور اس فقیر کی روزی کا سبب جیسے تیسے سنگِ مرمر کاٹ لیتا ہوں تیشے کے ساتھ؛ اور ٹائلیں تھوپ لیتا ہوں۔ اللہ کارساز ہے۔ لوگ جھوٹ موٹ میں تعریف کر دیتے ہیں صاحب۔''

پھر جب باتوں باتوں مس اس کی تعمیراتی منصوبوں اور کارناموں کی تفصیل معلوم ہوئی تو میرے لیے اسے جلد بھول جانا ممکن نہ رہا۔ بغیر کسی طمع اور لالچ کے اس کا خاندان گزشتہ تین پشتوں سے مسجد کی محرابیں سنگی جائے نماز کی قطاریں اور منبر ہی بناتا چلا آیا تھا۔

وہ بہت ناپ تول کر بات کرتا، یوں جیسے مسجد کی محراب میں ٹائلوں کے جوڑ ملا رہا ہو یا سنگِ مرمر کو گود کر بنائے ہوئے کھانچوں میں رنگ دار مصالحہ بھر رہا ہو۔

اس نے کنڈ جانا تھا لیکن اس زمانے میں ریل کی پٹری کنڈ سے چار کوس پرے ایک لمبی قوس بنا کر نکل جاتی تھی۔ اس موڑ پر جب ٹرین ذرا آہستہ ہوتی تو اکثر مسافر ویرانے میں اتر جاتے۔

گھنٹہ بھر ساتھ رہا ہوگا اس کا، جب ٹرین ذرا آہستہ ہوئی تو وہ بھی اس موڑ کے خاتمے پر چلتی ٹرین سے اتر گیا۔

بے شک، وہ ایک غیر معمولی مسافر تھا۔ ان گنے چنے مسافروں میں بہت نمایاں، جو بہت انوکھے اور مختلف معلوم ہوئے اور جن سے گزشتہ تیس برسوں کے دوران اس برانچ لائن پر ملاقات ہوئی۔ لیکن اس پہلی اور آخری ملاقات کے چند روز بعد کنڈ سے متعلق ایک چھوٹی سی خبر نے مجھے عجیب مخمصے میں ڈال دیا۔

خیر کیا تھی، اخبار بیچنے کا بہانہ تھا یا اخبار اور انتظامیہ کی ملی بھگت۔ اس وقت میں ٹھیک طرح سمجھ نہیں پایا۔ اخبار میں ایک چھوٹا سا چوکھٹا بنا کر جہاں کنڈ کے شب و روز بیان کیے گئے تھے، وہیں ایک شادی شدہ عورت کے قتل کی خبر بھی درج کر دی گئی تھی۔

میرے لیے اس خبر کا سب سے اہم پہلو یہ تھا کہ خصوصی نامہ نگار نے کنڈ کے ایک مشہور محراب ساز مستری کو مبینہ طور پر اپنی بدچلن بیوی کا قاتل قرار دیا تھا۔

جو ہوا سو ہوا، پر کیا وہ مشہور محراب ساز مستری وہی سرخ ٹوپی والا جوان تھا؟ کیا وہ قاتل بھی ہو سکتا ہے؟ میں برابر سوچتا رہا۔ اپنے فرائضِ منصبی کے سبب کنڈ جا کر حقیقت معلوم کرنا میرے لیے دشوار تھا۔ صرف

یار دوستوں میں بات چلتی رہی۔ احباب نے اسے ایک اندھا قتل ہی قرار دیا یا انتظامیہ کی ملی بھگت۔ میری الجھن اپنی جگہ قائم رہی۔

مسافروں کے ہاتھوں میں تھامی ہوئی اخبارات میری نظروں سے گزرتی رہیں پر عدالتی تفتیش کی رپورٹنگ کہیں دیکھنے کو نہ ملی۔

لوگ کہتے ہیں کہ مستری نے عدالت میں صرف ایک ہی استدعا کی:

''صرف تھوڑا سا کام رہ گیا ہے صاحب — محراب کا یہ کام ادھورا رہ گیا تو آگے کیا منہ دکھاؤں گا صاحب — ''لیکن ایسی باتیں عدالتی کارروائیوں کو متاثر تھوڑی کرسکتی ہیں۔ پھر معلوم ہوا کہ مستری پھانسی چڑھ گیا۔

بڈھا آدمی بھی کس کام کا، مسلسل تھکا دینے والے سفر میں اونگھ کے سبب، میں جیسے اِردگرد کی دنیا سے کٹ کر رہ گیا تھا۔ جب آنکھ کھلی تو میرے سامنے اور برابر کے اکثر مسافر تبدیل ہوچکے تھے۔ سوچا اگلے اسٹیشن سے ٹکٹوں کی پڑتال شروع کروں گا، اور اطمینان کے ساتھ سنبھل کر بیٹھ گیا۔

''بابو جی اس برانچ لائن پر سفر کرتے ہوئے تین برس گزر گئے۔''

مجال ہے کبھی آنکھ لگی ہو۔ آپ پر خدا کی خاص مہربانی ہے صاحب لیکن یہ نیک دل لوگوں کی خاص پہچان ہے۔

سرخ ٹوپی اوڑھے، مخروطی ستواں ناک، کرنجی آنکھوں اور چوڑے شانوں والا میرا ہم سفر گویا مجھ سے مخاطب تھا اور میں حیران کہ برسوں پہلے وہ پھانسی چڑھ جانے والا محراب ساز مستری دوبارہ کیسے جی اٹھا۔

وہ کہہ رہا تھا: ''نت نئے اجنبی بھلے مانس مسافروں سے ملتا ہوں صاحب، ہمیشہ کے لیے بچھڑ جانے کے لیے، رشک آتا ہے ان پر۔ پر میرے کام کی نوعیت ہی کچھ ایسی ہے صاحب کہ ہر طرف جانا پڑتا ہے۔''

''پھر اس نے صدری کی بالائی جیب سے مڑا تڑا سگریٹ نکالا اور اسے سلگاتے ہوئے گہرا کش لیا۔

''دل نہ بھی چاہے تب بھی جانا پڑتا ہے صاحب! اپنے پرکھوں کا کوئی وعدہ نبھانے کی خاطر۔ پرانے حساب چکانے ہوتے ہیں۔ گزشتہ چار پشتوں سے ہم یہی کچھ کرتے آئے ہیں۔ لوگ کہیں کے کہیں پہنچ گئے صاحب لیکن ہم وہیں کے وہیں ہیں۔ سنگ مرمر اور ٹائلوں کی کٹائی اور چنائی پر مجھے کوئی گھمنڈ نہیں۔ یہ تو اوپر والے کی خاص عطا ہے صاحب، اور اس فقیر کی روزی کا سبب۔ وگرنہ ایک لاوارث بچہ کس کام صاحب۔ اللہ کارساز ہے۔ والد صاحب قبلہ نے سوائے مسجد کے محرابوں کے تزئین کے، دوسرے کام کو کبھی ہاتھ نہیں لگایا۔ جوانی میں گزر گئے، مجھے تنہا چھوڑ گئے اپنے ادھورے کاموں کے ساتھ۔''

"کیوں نہیں کرتے کوئی دوسرا کام۔ در بدر پھرتے ہو۔" میں نے کہا۔

"بابو جی، شوقین مزاج بہت مجبور کرتے ہیں کہ رہائشی بنگلوں کی آرائش کروں۔ منہ مانگی اجرت بھی دیتے ہیں لیکن مجھ سے ایسا ہوتا نہیں صاحب۔ اللہ کے گھر سنوارتا ہوں، اسی لیے اجنبی علاقوں کا ہو کر رہنا پڑتا ہے۔ گھر بار چھوڑنا پڑتا ہے۔ مہینوں پلٹ کر خبر نہیں لیتا۔ لوگ کہتے ہیں ہم ٹھنڈی مٹی کے بنے ہیں۔ کیا کریں صاحب! کس کا جی نہیں چاہتا کہ اپنے گھر میں رہے۔"

"شادی شدہ ہو؟"

"ہاں صاحب۔ ابھی دو ماہ پہلے شادی ہوئی ہے۔ لیکن کیا کروں صاحب، یہ کام بھی تو کرنے ہیں۔"

"بے شک۔" میں ہار گیا۔

اب کدھر کا ارادہ ہے؟ میں نے پوچھا

"اپنے آبائی علاقے میں جا رہا ہوں صاحب۔ کنڈ کا نام تو سن رکھا ہوگا آپ نے۔ روز گزرتے ہیں ادھر سے، پر دیکھا نہ ہوگا اتر کر۔"

"ہاں — کنڈ کیا، عشرت کنڈ کہو نا، خاصا بدنام علاقہ ہے۔"

"کوئی بدنام سا بدنام — عمودی سنگلاخ چٹانوں اور پتھریلی غلام گردشوں میں آباد یہ ہنستا بستا قصبہ ہمیشہ سے ایسا نہیں تھا صاحب۔ تاتاری نین نقش والے خوش حال گاڑی بانوں کے مستقل قیام کے سبب صدیوں سے آباد اور نیک نام تھا۔ دیکھتے ہی دیکھتے اسے جانے کس کی نظر کھا گئی۔ ہمارے جانباز قبیلے کے بخیے ادھڑ گئے۔ ہمارے چٹیل جبڑے حویلیوں کے دیو ہیکل دروازوں کی چرچراہٹ دم توڑ گئی۔ کیا یہ تبدیلی محض بھاپ کے پہیے کی اس طرف آمد سے ہوئی؟"

"میں کیا کہہ سکتا ہوں میاں۔ بس نام سن رکھا ہے تمہارے علاقے کا۔"

"صاحب! چند لٹکتے ہوئے ڈبوں کے ساتھ ریل کا سیٹیاں مارتا ہوا انجن پلک جھپکتے میں گزرتا ہے ادھر سے۔ لحہ بھر ٹھہر کر چند شہری بابو اتارتا ہے اور اس بستی کو پہلے سے کہیں زیادہ ویران کر جاتا ہے۔ کیا جانیے صاحب، بے روزگاری اور بھوک نے یہ دن دِکھائے یا کوئی اور وجہ ہے۔ ہمارے نیک نام قصبے کو ایک بڑی عشرت سرائے میں بدل دیا گیا صاحب! جہاں شب بسری کے لیے تاتاری آنکھوں اور چوڑے شانوں والی دراز قامت لڑکیاں سو پچاس روپے میں مل جاتی ہیں۔ اس بستی کے دن اونگھتے اور راتیں جاگتی ہیں۔ عارضی مسرتوں کی تلاش میں دور دور سے آئے ہوئے رال ٹپکاتے، بڈھے، مقتدر اکابرینِ ملت، فوجی جوان، اخبار نویس، شاعر اور ادیب، غرض کہ ہر طرح کے افراد ادھر آتے جاتے ہیں۔ پیشہ ورانہ غمزوں اور جھوٹے عشووں سے تسکین پاتے ہیں۔"

''ہاں صاحب، ہر طرح کے لوگ آتے ہیں ادھر — میں بہت چھوٹا سا تھا صاحب، جب اس بستی کو چھوڑ بھاگا تھا۔ سر پر تھا جو کوئی نہیں۔ بہت کام کیا ادھرادھر۔ اب سوچا ہے اس گناہوں کے گھر میں ایک مسجد سنوار دوں۔ اس سانس کا کیا اعتبار۔ آئی آئی، نہ آئی نہ آئی۔ بس یہی سوچ کر چل پڑا صاحب۔''

نوجوان مستری مسجد کے محراب میں ٹائلوں کے جوڑ ہلا رہا تھا، سنگِ مرمر کو گود کر بنائے ہوئے کھانچوں میں رنگ دار مصالحہ بھر رہا تھا۔

عمودی سنگلاخ چٹانوں اور پتھریلی غلام گردشوں میں سے گزرتی ٹرین کے دھندلے شیشوں میں اس اب اکادکا روشنی جھلملانے لگی تھی اور ٹرین کی رفتار سست پڑ گئی تھی۔

''مستری، تمہارا اسٹیشن آنے والا ہے۔''

''ہاں صاحب — یہ مٹی مٹی روشنیاں عشرت کنڈ کی ہی ہیں۔ میں یہیں اتروں گا صاحب۔ میرے لئے دعا کیجئے گا۔''

''اچھا، ایک بات بتاؤ تمہارے والد صاحب بھی کیا اسی طرح کی سرخ ٹوپی پہنا کرتے تھے؟''

''جی۔ جی ہاں صاحب۔ لیکن لوگ کہتے ہیں کہ وہ میری طرح ٹھنڈی مٹی کے نہ تھے۔ بہت گرم مزاج تھے۔ خدا مغفرت کرے — بس صاحب، اب چلتا ہوں، عمر نے وفا کی تو پھر کبھی —''

''انشاءاللہ'' سرخ ٹوپی والا نوجوان مستری اپنے سامان کو سمیٹتے اور سلسلۂ کلام کو مختصر کرتے ہوئے اٹھ کھڑا ہوا۔

''خداحافظ'' وہ عشرت کنڈ کے نیم تاریک اسٹیشن کی تاریکی میں اتر گیا۔

لمحہ بھر رک کر ٹرین ایک بار پھر چل پڑی تھی۔ میں نے کھڑکی میں سے بیٹھے بیٹھے اس کے متحرک ہیولے کو انتہائی سرعت کے ساتھ ریلوے پھاٹک کے پار اکادکا ٹمٹماتی ہوئی روشنیوں کی جانب اترتے ہوئے دیکھا۔

ایسے میں، میرے جی میں جانے کیا آئی کہ اسے آواز دوں اور چیخ چیخ کر بتاؤں کہ مستری، تیرا باپ گرم مزاج ہرگز نہیں تھا۔ میں نے اسے تیری عمر میں دیکھا ہے۔ جان لو کہ وہ کسی گہری سازش کا شکار ہوا۔ نہیں سنوارنے دیں گے تمہیں اللہ کا گھر — یہ عشرت کنڈ کی انتظامیہ، یہ رال ٹپکاتے بڈھے — یہ جھوٹ کے پلندے — لیکن میں ایسا نہ کرسکا۔

میں نے بہت آگے جانا تھا، ٹرین کے ساتھ، اور ٹھنڈ بڑھتی جارہی تھی۔ ٹکٹوں کی پڑتال کی بجائے میں نے اپنے سفری تھیلے میں سے برانڈ کوٹ نکال کر اپنے کندھوں پر ڈال لیا اور باہر کھلنے والی کھڑکی کے ٹھنڈے شیشے کے ساتھ سر ٹیک دیا۔

ٹرین ایک بار پھر اپنی مخصوص رفتار کو پانے کی کوشش میں تھی اور عشرت کنڈ کا نوجوان محراب ساز ساز مستری پیچھے رہ گیا تھا۔ ●●●

نگوڑی

اقبال حسن آزاد

● وہ بوڑھی عورت ایک ایک سے پوچھتی پھرتی تھی "بابو مجسٹریٹ صاحب کا گھر کون سا ہے، مگر اس وسیع و عریض کالونی میں اس کی بات سننے والا کوئی نہ تھا۔ کشادہ لیکن شکستہ سڑک کے دونوں اطراف جدید ماڈل کے مکانات یہاں سے وہاں تک کھڑے تھے۔ ہر مکان کے گرد چہار دیواری تھی اور سامنے لوہے کا گیٹ لگا ہوا تھا۔ چہار دیواریاں اس قدر بلند تھیں کہ اندر کے مناظر آنکھوں سے رابطہ قائم کرنے میں ناکام تھے۔ ہر مکان پر نیم پلیٹ بھی لگی تھی مگر اس ناخواندہ عورت کے لیے وہ نیم پلیٹ بھی بیکار تھی۔ دھوپ سر پر آچکی تھی۔ بڑھیا کو پیاس لگنے لگی۔ اس نے آنکھوں کے اوپر ہتھیلی کا چھجا بنا کر آس پاس نظر دوڑائی لیکن کہیں کی پانی کوئی سبیل نظر نہیں آئی۔ سڑک بھی سنسان ہو چلی تھی۔ دور، دور تک کسی قسم کی کوئی دکان بھی دکھائی نہیں دے رہے تھی۔ مارچ کے مہینے کی دھول بھری ہوا اڑی اور بڑھیا کے بالوں میں بہت ساری گرد چھوڑ کر چکراتی ہوئی آگے نکل گئی۔ اسی وقت ایک سائیکل سوار دور سے آتا دکھائی دیا۔ بڑھیا نے اسے ہاتھ کے اشارے سے روکنا چاہا...... دو ایک بار پکارا بھی ...... 'بابو! بابو!! مگر وہ سائیکل سوار بے نیازانہ اپنی دھن میں پیڈل مارتا ہوا آگے نکل گیا۔ بڑھیا کچھ اور آگے بڑھی اور پھر ایک مکان کے گیٹ کے باہر بنے چبوترے پر بیٹھ گئی۔ چند لمحے گزرے تھے کہ اندر سے ایک ادھیڑ عمر کا شخص ہاتھ میں جھولا لٹکائے باہر نکلا۔ بڑھیا اسے دیکھ کر کھڑی ہوگئی اور بڑی لجاجت کے ساتھ پوچھنے لگی۔

"بابو! مجسٹریٹ صاحب کا مکان کون سا ہے؟" وہ آدمی پہلے تو چونک کر اس کی جانب مڑا اور پھر پوچھ بیٹھا۔

"کب سے ڈھونڈھ رہی ہو مائی؟"

"دیکھو نا بابو! صبح سے دوپہر ہوگئی، ابھی تک مجسٹریٹ صاحب کا مکان نہیں ملا ہے۔" وہ ہنستے ہوئے بولا۔ "میں تو ایک مہینے سے بھٹک رہا ہوں۔ ابھی تک مجھے مجسٹریٹ صاحب کا مکان نہیں ملا، تمہیں ایک دن میں کیسے مل جائے گا؟" وہ بے چاری چند لمحوں تک تو اس جاتے ہوئے آدمی کو منھ پھاڑے دیکھتی رہی اور پھر مایوسانہ انداز میں سر ہلاتے ہوئے اسی چبوترے پر بیٹھ گئی اور دل ہی دل میں سوچنے لگی۔

"پتہ نہیں آج نل کھلا یا نہیں اور اگر کھلا ہے تو بہو نے پانی بھرا یا نہیں۔ نہیں ...... اسے تو گھر کے کام سے فرصت ہی نہیں ملی ہوگی۔ سویرے سویرے سورج نکلنے کے ساتھ ہی وہ گھر سے نکل جاتی ہے۔ تین جگہوں کا چوکا برتن کرنے کے بعد بارہ بجے لوٹتی ہے۔ پھر کھانا بنانے بیٹھ جاتی ہے۔ بیٹا تو یہاں رہتا ہے نہیں۔ کبھی دلی چلا جاتا ہے کبھی کلکتہ۔ کبھی کبھار کچھ پیسے بھی بھیج دیتا ہے مگر اس سے گھر کا خرچ کیسے چلے۔ بیٹا ایک بار آسام چلا

گیا تھا مگر وہاں بہاریوں کو مارنا شروع کیا تو لوٹ کر چلا آیا۔ ایک بار پنجاب بھی گیا تھا۔ پتہ نہیں باہر جا کر کون سا کام کرتا ہے مگر جب جب لوٹ کر آتا ہے کچھ اور دبلا دکھائی دینے لگتا ہے۔ اس کے دونوں بچے دن بھر ادھر ادھر مارے پھرتے ہیں۔ بڑا دس سال کا ہے اور چھوٹا آٹھ سال کا۔ انہیں اسکول بھیجنے کی سکت تو ہے نہیں۔ سارا دن گلی کے دوسرے بچوں کے ساتھ پاس والے قبرستان میں یا قریب کی کالونی کے آدھے ادھورے بنے مکانوں میں جوا کھیلتے رہتے ہیں۔ بھوک ستاتی ہے تو گھر چلے آتے ہیں اور گھر کسے کہیں بھیا! مٹی کی دیواریں اور پھونس کا چھپر۔ یہ دیواریں جن میں جگہ جگہ چھید ہو گئے ہیں، سردی کو کیسے روک سکتی ہیں اور پھونس کا چھپر تو برسات بھر ٹپکتا رہتا ہے۔ گرمی کا موسم بڑا اچھا ہے، جہاں تہاں سو رہے۔ نہ گرم کپڑوں کا جھنجھٹ نہ لحاف تو شک کی ضرورت۔ سردی تو بس امیروں کا موسم ہے۔ میرے گھر میں تو بس دو پھٹے پرانے کمبل ہیں۔ ایک میں بہوا پنے بچوں کو سمیٹ کر سوئی رہتی ہے اور دوسرے میں اپنی بیٹی اور نتی سے لپٹ کر سو جاتی ہوں۔ داماد بھی ملا تو نکھٹو۔ کچھ کرتا دھرتا ہے نہیں۔ جو کماتا ہے جوئے اور شراب میں اڑا دیتا ہے۔ سو میری بیٹی اس سے لڑ جھگڑ کر میرے پاس آ گئی۔ اب میں اپنی بیٹی سے دوسروں کے گھر کا چوکا برتن تو نہیں کروا سکتی نا!! اور پھر گھر اور بچوں کو دیکھنے والا بھی تو کوئی ہونا چاہیے۔ میں تو بابا اب کام کرنے کے لائق رہی نہیں۔ دونوں گھٹنوں میں ہر وقت درد رہتا ہے۔ چلا پھرا نہیں جاتا اور نظر بھی کمزور ہو گئی ہے۔ میں نگوڑی بھلا گھر سے نکل کر اتنی دور کاہے کو آتی۔ بچپن میں جب اماں کسی بات پر نگوڑی ماری کہتی تھی تو میں کھی کھی کر ہنسنے لگتی۔ یہ بات اب سمجھ میں آئی کہ جس کو گوڑ نہیں ہوتا وہی نگوڑا کہلاتا ہے۔ تو جب مجھے نگوڑی کو معلوم ہوا کہ منتری جی اپنے سرتھکوں کے ساتھ ہولی کھیلنے آئے ہوئے ہیں تو میں اپنی درخواست لے کر ان کے پاس گئی تھی۔ سرکار نے ودھوا پنشن جاری کر رکھا ہے اور وہ کیا کہتے ہیں وردھا پنشن بھی۔ میں تو بابا کیا بولوں کہ ودھوا بھی ہوں اور وردھا بھی۔ سوچا کہ پروفیسر صاحب سے ایک درخواست لکھوا کر منتری جی سے ملوں۔ گھر سے نکلنے لگی تو خیال آیا کہ کیا پتہ پروفیسر صاحب کے پاس کاغذ اور قلم ہو نہ ہو، اس لیے میں یہ چیزیں بغل والے ببلو سے لے کر پروفیسر صاحب کے پاس گئی اور اتنی ساری گھماؤ دار سیڑھیاں چڑھ کر اوپر پہنچی۔ وہ بہت سارے لڑکے اور لڑکیوں کو پڑھا رہے تھے۔ مجھے دیکھ کر انھوں نے ناگواری کے ساتھ ہونٹ سکوڑے۔ مجھے خیال آیا مجھے ان کو تنگ نہیں کرنا چاہیے تھا۔ پھر جب انھوں نے میرے آنے کا سبب دریافت کیا تو میں نے ان سے درخواست لکھنے کی درخواست کی تو وہ کہنے لگے۔

''ابھی تو میرے پاس وقت نہیں ہے۔ ٹیوشن پڑھانے کے بعد میں کالج جاؤں گا۔ دو بجے لوٹوں گا۔ کھانا کھاؤں گا، پھر کچھ دیر آرام کروں گا۔ شام کے پانچ بجے جب تھوڑی فرصت ملے گی تو تمہارا کام کروں گا۔'' اتنا کہہ کر وہ پھر پڑھانے میں مشغول ہو گئے۔ میں وہاں سے ناکام و نامراد لوٹ آئی۔ گھر آ کر معلوم ہوا کہ منتری جی آج شام کو پٹنہ چلے جائیں گے۔ میں نے تھوڑی دیر کچھ سوچا، پھر خیال آیا کہ کیوں نہ ببلو سے ہی

درخواست لکھوالوں۔ جیسا کہ پروفیسر صاحب لکھتے ویسا ہی ببلو بھی لکھ سکتا ہے۔ میں پھر ببلو کے پاس گئی اور اس سے کہا کہ ذرا ایک درخواست لکھ دو کہ میں ابھاگن بدھوا دانے دانے کو محتاج ہو رہی ہوں۔ شوہر کو مرے ہوئے ایک عرصہ ہو گیا۔ جب تک ہڈیوں میں طاقت تھی ادھر ادھر کام کر کے گزارا کرتی رہی۔ اب بدن میں سکت نہیں رہی۔ ایک بیٹا ہے مگر وہ روزی روٹی کی تلاش میں باہر گیا ہوا ہے۔ ایک بہو، دو پوتے، ایک بیٹی اور ایک نتنی کی پرورش کا ذمہ میرے سر ہے میں خود بھی بیمار رہتی ہوں۔ دوا علاج کے لئے بھی پیسے نہیں ہیں۔ مائی باپ! سنا ہے کہ آپ کی حکومت غریبوں کا خاص خیال رکھتی ہے۔ اگر آپ اس دکھیاری بڑھیا کی عرض سن لیں تو بڑی مہربانی ہوگی۔'' میں بولتی گئی اور وہ لکھتا گیا۔ میں تو یہ نہیں پڑھ سکی کہ اس نے کیا لکھا مگر اتنا سمجھ گئی کہ میں نے جو کچھ کہا، اس نے وہی لکھا ہوگا۔ پھر میں درخواست لے کر منتری جی کے دروازے پر پہنچی۔ کتنا بڑا مکان بنالیا منتری جی نے۔ پہلے وہاں پر کھپریل کا مکان ہوا کرتا تھا۔ اللہ ان کی روزی میں اور برکت دے (آمین) منتری جی کے عالیشان مکان کے آگے نئی نئی چمچاتی ہوئی گاڑیاں لگی تھیں اور یہ لمبی لمبی مونچھوں اور سرخ آنکھوں والے بہت سارے لوگ ادھر ادھر ٹہل رہے تھے۔ کچھ جوان عورتیں بھی تھیں۔ اللہ جانے کاہے کے لئے آئی تھیں۔ میں نے آس پاس نظریں دوڑائیں تو شرفو رکشے والے پر نظر پڑی۔ میں نے اس سے کہا کہ ذرا منتری جی سے ملنے کا اُپائے بتاؤ۔ انہیں یہ درخواست دینی ہے۔ شرفو ہنسنے لگا۔ پھر بولا۔ ''ارے اماں! ابھی تو دن کے بارہ ہی بجے ہیں۔ منتری جی ابھی سوئے ہوئے ہیں۔''

''ابھی تک سوئے ہوئے ہیں۔'' میں نے حیرت سے پوچھا۔

''اور کیا...... بھور چار بجے تک جاگتے جو ہیں۔''

''اچھا چار بجے تک جاگتے رہتے ہیں؟'' میری حیرت بڑھتی جارہی تھی۔ پھر میں نے پوچھا۔

''اچھا! یہ تو بتاؤ کہ چار بجے بھور تک جاگ کر وہ کیا کرتے ہیں۔ تہجد پڑھتے ہیں، یا تلاوت کرتے ہیں؟'' میری بات سن کر شرفو زور زور سے ہنسنے لگا۔ ہنستے ہنستے اس کی آنکھیں بھیگ گئیں۔ پھر اپنی ہنسی کو روکتے ہوئے بولا۔

''اماں! تم بھی بالکل وہ ہو۔ ارے منتری جی سرکار چلاتے ہیں سرکار۔ اتنا کام ہوتا ہے ان کے سر پر، سڑک بنواؤ، پانی بجلی کا انتظام کرو، بیروزگاروں کو کام دلواؤ اور پھر ہم جیسے لوگوں کی سنو۔ ملوگی تو دیکھو گی کہ جاگتے جاگتے آنکھوں کے نیچے کالے ڈورے آگئے ہیں۔'' میرا سر عقیدت کے مارے جھک گیا۔ منتری جی کو ہم غریبوں کا کتنا خیال ہے۔ انہیں تو یوں میں نے کئی بار دیکھا ہے بلکہ سچ پوچھو تو ان کے بچپن سے دیکھتی آرہی ہوں۔ میں تو برسوں ان کے گھر پر کام بھی کر چکی ہوں۔ اب بھی ان کے درشن ہو ہی جاتے ہیں۔ ووٹ مانگنے یا پھر کسی تہوار کے موقع پر ہم غریبوں سے ملنے ملانے کے لئے پیدل ہی ہمارے محلے میں چلے آتے ہیں مگر ان

کے ساتھ اتنی ساری بھیڑ رہتی ہے کہ انہیں ٹھیک سے دیکھ بھی نہیں پاتی مگر ابھی تو مجھے ایک درخواست دینی تھی انہیں، اور وہ بے چارے ابھی تک سرکاری کام کاج کی تھکن مٹانے میں لگے ہوئے تھے۔ شرفو کی وجہ سے مجھے کچھ ڈھارس ہو رہی تھی۔ اسی وقت دروازے پر ایک بانکا سجیلا نوجوان، خوب اچھے کپڑے پہنے، کان سے فون لگائے، باہر نکلا۔ لوگوں میں ہلچل ہوئی اور بہت سارے لوگ بے اختیار اس کی جانب دوڑے۔ شرفو نے بتایا کہ یہ منتری جی کا سکریٹری ہے۔ تم اپنی درخواست اس کے حوالے کردو۔ پر میرا دل نہ مانا۔ کیا پتہ درخواست اپنی جیب میں رکھ کر بھول جائے۔ میں اسے خود اپنے ہاتھوں سے منتری جی کے حوالے کروں گی۔ شرفو نے اپنی درخواست اس کے حوالے کردی۔ سکریٹری پھر اندر چلا گیا اور شرفو مجھے ملامت بھری نظروں سے دیکھنے لگا۔ میں نے شرفو کا ہاتھ پکڑا اور کہا کہ بابو جیسے بھی ہو منتری جی کے باہر نکلتے ہی مجھے ان سے ملوا دینا۔ شرفو بولا۔

''اماں! دیکھتی ہو کتنی بھیڑ ہے؟ میں تو سوچ رہا ہوں کہ مجھے ان سے ملنے کا موقع ملے گا یا نہیں۔''

حالانکہ شرفو چالیس پینتالیس سال کا ہو چکا ہے مگر میں نے اس ہمت بندھاتے ہوئے کہا۔

''ارے تو ہٹا کٹا نوجوان ہے۔ ذرا سی بھیڑ چیر کر منتری جی کے پاس نہیں جا سکتا؟'' میری بات سن کر کھڑا ہو گیا۔ اسی لمحے منتری جی مسکراتے ہوئے باہر نکلے۔ لوگ ان کے ارد گرد جمع ہو گئے۔ منتری جی نے ہاتھ جوڑ کر سبھوں کا استقبال کیا۔ ان کے چہرے پر مسکراہٹ کھیل رہی تھی۔ شرفو کسی طرح بھیڑ سے گذرتے ہوئے میرا ہاتھ پکڑے پکڑے ان کے سامنے جا کھڑا ہوا۔ میں نے وقت ضائع کئے بغیر ان سے کہنا شروع کیا۔

''بیٹا! میں غریب دکھیاری ہوں۔ ذرا میری عرض بھی سن لو۔'' پتہ نہیں انہوں نے میری بات دھیان سے سنی یا نہیں مگر وہی سکریٹری جو اور لوگوں کی درخواستیں جمع کر رہا تھا، اس نے میرے ہاتھ سے کاغذ لے لیا۔ اس سے پہلے کہ میں کچھ سمجھتی کسی نے مجھے دھکا دیا اور میں لڑکھڑا کر پیچھے ہٹ گئی۔ بھیڑ سے الگ ہونے کے بعد شرفو نے مجھے سمجھایا۔

''پریشان مت ہو اماں! سکریٹری تمہاری درخواست منتری جی کو دے دے گا اور وہ اس پر قلم سے حکم لکھ دیں گے اور سرکار سے تمہاری پنشن جاری ہو جائے گی۔ اب گھر چلو۔ شام کو آکر اپنی درخواست واپس لے لینا۔'' مجھے لگا کہ میں جیسے خالی ہاتھ آئی تھی ویسے ہی خالی ہاتھ لوٹ رہی ہوں۔ شرفو نے دلاسہ دیا۔

''گھبراؤ نہیں۔ اچھا! شام کو جب میں اپنی درخواست لینے آؤں گا تو تمہاری عرضی بھی لے لوں گا۔''

حسب وعدہ شرفو شام کو میری درخواست لے کر آ گیا۔ اس پر سرخ روشنائی سے کچھ لکھا ہوا تھا۔ شاید یہ حکم جاری ہو گیا تھا کہ اس رانڈ بیوہ کی مدد کی جائے۔ پھر شرفو نے بتایا کہ کل بلاک آفس جانا۔ وہاں بڑے صاحب سے اس پر آرڈر کروانا۔ میں پوچھ بیٹھی۔

''کون سے بڑے صاحب؟''

''ارے مجسٹریٹ صاحب اور کون۔'' شرفو نے جھنجھلا کر جواب دیا۔ پھر آگے کہنے لگا۔

''اس کے بعد تمہارا کھاتا بینک میں کھلے گا اور تمہاری پنشن چالو ہو جائے گی۔''

اس رات مجھے دیر تک نیند نہیں آئی۔ ویسے بھی بڑھاپے میں نیند آتی کہاں ہے۔ جیسے جیسے آدمی کی عمر بڑھتی جاتی ہے، ویسے ویسے اس کی چنتاؤں کی گٹھری بھی بھاری ہوتی جاتی ہے۔ ہر وقت کسی نہ کسی بات کی چنتا لگی ہی رہتی ہے۔ خیر کسی طرح سوتے جاگتے وہ رات کاٹی اور صبح سویرے بلاک جانے کو تیار ہوگئی۔ وہاں پہنچی تو سناٹا پسرا تھا۔ معلوم ہوا کہ ابھی تو بہت سویرا ہے۔ آفس تو گیارہ بارہ بجے کے بعد ہی کھلے گا۔ پھر حاکم پتہ نہیں کس وقت آئیں۔ میں نے سوچا، اب اتنی دور واپس جانا اور پھر آنا بہت مشکل ہے۔ میں کاغذ ہاتھ میں لئے وہیں پر بیٹھ رہی اور گھڑیاں گننے لگی۔ نہ معلوم کتنا سے بیتا۔ میں تو بیٹھے بیٹھے کہیں اور پہنچ گئی۔ نہ جانے کون کون سے خیالات ذہن میں آئے اور یادوں کا جنگل گھنا ہوتا چلا گیا۔ اس گھنے جنگل کی نیم تاریکی میں یادوں کو پہچاننا بھی مشکل ہو رہا تھا۔ پیڑ کے نیچے بیٹھے شاید میں اونگھ گئی تھی۔ اچانک کسی گاڑی کا ہارن بجا تو میں چونک کر اٹھ بیٹھی۔ دیکھا کہ لوگ باگ تیزی کے ساتھ ادھر ادھر آ جا رہے ہیں۔ میں لاٹھی کا سہارا لے کر اٹھ کھڑی ہوئی۔ پھر ایک ایک سے پوچھتی پھری کہ ''حاکم آئے گئے کیا؟'' مگر ہر کوئی جیسے بہرا بنا بیٹھا تھا۔ کسی نے کوئی جواب نہ دیا۔ جب کافی دیر ہوگئی تو ایک شریف آدمی نے بتایا کہ صاحب آج چھٹی پر ہیں۔ میں تو بالکل سن ہو کر رہ گئی۔ صاحب کو بھی آج ہی چھٹی لینی تھی میں نے اٹھنا چاہا تو ٹانگوں نے میرا کہا ماننے سے انکار کر دیا۔ ہر طرف گہما گہمی تھی مگر میرے دل میں سناٹے کا راج تھا۔ آخر میں نے ہمت جٹائی اور لاٹھی کا سہارا لے کر اٹھ کھڑی ہوئی۔

اس طرح کئی روز گزر گئے۔ میں روز بلاک کا چکر لگاتی مگر حاکم سے ملاقات نہ ہو سکی۔ ایک دن میں اسی پرانے پیڑ کے نیچے بیٹھی تھی کہ ایک جیپ آ کر رکی اور اس میں سے ایک صاحب اتر کر تیز تیز قدموں سے چلتے ہوئے آفس کے اندر چلے گئے۔ ایک دبا دبا شور ابھرا، مجسٹریٹ صاحب آ گئے، اور سبھی لوگ ان کے کمرے کی جانب لپکے۔ میں بھی ان لوگوں کے ساتھ آگے بڑھی مگر چپراسی نے مجھے روک دیا۔ میں نے اس سے بڑی منت کی کہ بس دو منٹ کے لئے صاحب سے ملوا دو مگر وہ کم بختی کا مارا پوچھنے لگا کہ کیا کام ہے؟ جب میں نے اسے بتایا کہ میں ودھوا پنشن جاری کرنے کے لئے منتری جی کی چٹھی لائی ہوں تو کہنے لگا، پہلے ودھوا ہونے کا سرٹیفکٹ لاؤ۔ اب ذرا میرا چونڈا دیکھو بابو! کیا میں شکل ہی سے ودھوا نہیں لگتی۔ پھر میں نے قسمیں کھا کھا کر اسے یقین دلایا کہ میں سچ مچ ودھوا ہوں تو منہ بنا کر کہنے لگا کہ پہلے پانچ سو روپیوں کا انتظام کر کے لاؤ، تب صاحب سے ملنا۔ میں تو بابو دنگ رہ گئی۔ پانچ سو روپے؟ اگر مجھ غریب کے پاس اتنے پیسے ہوتے تو کیا میں دردر کی ٹھوکریں کھاتی؟ میں نے اس کی بڑی خوشامدیں کیں مگر وہ اللہ کا بندہ ٹس سے مس نہ ہوا۔ اس دوران نہ جانے کتنے لوگ اندر گئے اور باہر آئے۔ میں تھک ہار کر واپس چلی آئی۔

اسی طرح پھر کئی روز گذر گئے۔ آخر ایک دن بیٹھے بیٹھے خیال آیا کہ کیوں نہ مجسٹریٹ صاحب کی بیگم سے مل کر ان سے اپنا دکھڑا بیان کروں۔ آخر کو عورت ہیں۔ عورت ویسے بھی رحم دل ہوتی ہے اور آج کل سارے مرد تو عورتوں ہی کی بات پر چلتے ہیں۔ اگر وہ صاحب سے میری سفارش کردیں تو میرا کام بن جائے گا۔ میں نے شرفو سے ان کی گھر کا پتہ پوچھا تو معلوم ہوا کہ اس بڑی کالونی میں جو میرے گھر سے کوئی ایک گھنٹے کے فاصلے پر ہے وہیں سارے بڑے لوگ رہتے ہیں۔ مجسٹریٹ صاحب بھی وہیں رہتے ہیں۔ میں نے اس سے کہا کہ بیٹا بڑی مہربانی ہوگی اگر مجھے اپنے رکشے پر بٹھا کر مجھے وہاں تک پہنچا دے۔ شرفو کہنے لگا۔

''ابھی تو میں کالونی کے بچوں کو اسکول پہنچانے جا رہا ہوں نہیں تو میں خود تمہیں وہاں لے چلتا۔ تم ایسا کرو کہ پوچھتے پاچھتے چلی جاؤ۔ مجسٹریٹ صاحب کا مکان مل جائے گا۔'' اب میں لاٹھی ٹیکتے ٹیکتے یہاں تک آگئی ہوں اور سب سے پوچھتی پھرتی ہوں کہ بھیا! مجسٹریٹ صاحب کا مکان کون سا ہے مگر کوئی نہیں بتاتا۔ ایک منچلا کہنے لگا۔

''ارے بوا! کس مجسٹریٹ کو کھوجتی ہو؟ آج کل تو سبھی مجسٹریٹ ہیں۔ اب دیکھو نا! جو خاموشی کے ساتھ امتحان میں نقل ہوتے دیکھتے رہتے ہیں، وہ بھی مجسٹریٹ کہلاتے ہیں۔ اور جو الیکشن میں چپ چاپ اپنی نظروں کے سامنے دھاندلی ہوتے دیکھتے رہتے ہیں، وہ بھی مجسٹریٹ ہوتے ہیں اور پھر دنگوں کے دوران خاموش تماشائی کی طرح فسادیوں کو اُتپات مچاتے دیکھتے رہتے ہیں، انہیں بھی مجسٹریٹ ہی کہتے ہیں۔'' میں بڑھیا بھلا کیا جانوں کہ کتنی طرح کے مجسٹریٹ ہوتے ہیں۔ ابھی میں ہکا بکا اس کا منہ تک رہی تھی کہ ایک دوسرا آدمی میرے قریب آ کھڑا ہوا۔

''کسے ڈھونڈتی ہو اماں؟''

بیٹا سویرے سے کھوجتے کھوجتے تھک گئی ہوں، کوئی نہیں بتاتا کہ مجسٹریٹ صاحب کا مکان کون سا ہے۔'' اس نوجوان نے سر جھکا کر تھوڑی دیر کو کچھ سوچا اور یوں سر اٹھایا جیسے اسے کچھ یاد آ گیا ہو۔''

''بس اگلے چوراہے سے تھوڑی دور آگے چلی جاؤ۔ وہاں سڑک کے بیچوں بیچ جو مندر بنا ہوا ہے، اسی کی داہنی طرف مجسٹریٹ صاحب کا گھر ہے۔ بڑا سا لال پھاٹک ہے۔ پھاٹک کے اندر بڑا سا برگد کا پیڑ ہے۔ بس سیدھی چلی جاؤ۔'' میں نگوڑی اس کے بتائے ہوئے پتے پر کسی طرح گھسٹتی گھسٹتی لال دروازے تک پہنچ گئی۔ دروازہ اندر سے بند تھا۔ میں نے تھپتھپایا تو اندر سے چوکیدار نے چھوٹی کھڑکی سے جھانک کر پوچھا۔

''کیا بات ہے؟ کس سے ملنا ہے؟'' وہ مجھے شاید کوئی بھکارن سمجھ رہا تھا۔ میں نے آنچل میں بندھی ہوئی درخواست کو انگلیوں سے ٹٹولتے ہوئے کہا۔

''بیٹا! تیرے بچے جئیں...... ذری کی ذری میم صاحب سے ملوا دو۔''

''کیا کام ہے ان سے؟ اس نے ڈپٹ کر پوچھا۔

''کام تو اصل میں مجسٹریٹ صاحب سے ہے لیکن......''

''کون سے مجسٹریٹ صاحب سے؟''

''وہی جو ودھوا پنشن جاری کرتے ہیں۔''

''وہ تو سی۔ او صاحب کرتے ہیں۔''

''میں کیا جانوں بھیا! وہ تو شرفو نے جو بتایا میں نے وہی سمجھا۔ اب یہی بتادو کہ سی۔ او۔ صاحب کا مکان کون سا ہے؟''

''مجھے نہیں معلوم۔'' اس نے بے رخی کے ساتھ جواب دیا اور کھٹاک سے کھڑکی بند کردی۔

میں سویرے سے بھوکی پیاسی چلتے چلتے تھک کر چور ہو چکی تھی مگر دل میں جو آس کرن جگی تھی وہ مجھے روشنی دکھا رہی تھی۔ اگر آج یہ کام نہ ہو سکا تو شاید کبھی نہ ہو۔ میں کانپتی ٹانگوں کو سمیٹ کر وہیں پر بیٹھ رہی......''۔

دن بھر ادھر ادھر چکراتی ہوئی ہوا اب سبک خرام ہو چلی تھی۔ سورج اونچے مکانوں کے پیچھے جا کر نظروں سے اوجھل ہو چکا تھا۔ اچانک بڑھیا کو محسوس ہوا کہ فضاء پر ایک پراسرار خاموشی چھائی ہوئی ہے۔ آس پاس کوئی بھی نہیں ہے۔ اتنی دیر سے وہ کس سے باتیں کیے جا رہی تھی۔ اُف توبہ! یہ بڑھاپے میں بڑبڑانے کی عادت سی پڑ جاتی ہے۔

دور مغربی کنارے پر آفتاب غروب ہو رہا تھا اور دو لرزیدہ ٹانگیں لاٹھی کے سہارے دھیرے دھیرے آگے بڑھتی جا رہی تھیں۔ دیکھتے دیکھتے چاروں طرف اندھیرا پھیل گیا اور ایک سایہ اس تاریکی میں تحلیل ہو کر نظروں سے اوجھل ہو گیا۔ ●●●

بسرجن

شبیر احمد

● وہ پارک میں بیٹھا مونگ پھلی چبا رہا تھا! انگلیوں کی انگوٹھیاں نچا رہا تھا!!! انٹرویو دینے جب بھی کلکتہ آتا تو وہ شام کو اس پبلک پارک میں چلا آتا اور باؤنڈری وال پر بیٹھ کر ہوڑہ پل، ودیا ساگر سیتو، آتی جاتی کشتیوں اور لہروں کو تاکتا رہتا۔ کبھی لمبی لمبی سانسیں کھینچ کر بھستریکا، کبھی چھوٹی چھوٹی سانسیں باہر نکال نکال کر کپال بھارتی اور کبھی ناک کے سوراخوں کو دائیں ہاتھ کی انگلیوں سے باری باری دبا دبا کر انلوم بلوم کرتا۔ اور جب ان پرانایموں سے فارغ ہو جاتا تو جیب سے ٹھونگا نکال کر مونگ پھلی چباتا اور رہ رہ کر انگوٹھیاں نچاتا۔

اس روز بھی وہ یہی کر رہا تھا کہ یکا یک بوڑھا نمودار ہوا، گیروے رنگ کا جبہ اور گلے میں رودراکش کی مالا پہنے۔ ڈنڈے کو مروڑ کر سانپ کی طرح بل دیتا ہوا اس کی جانب بڑھنے لگا۔ قریب آیا اور اس کے کندھے پر ہاتھ رکھ کر پوچھا، "انٹرو ہو گیا؟"

اندرانیل چونک پڑا۔ مڑ کر دیکھا، "آپ! آپ یہاں!! آپ کو تو میں نے......" اس نے ذہن پر زور ڈال کر کہا، ہاں! حسن آباد اسٹیشن پر، اور کئی بار اچھامتی کے کنارے بھی دیکھا ہے۔ لیکن یہاں اس وقت؟"

"میں یہاں! وہاں!! جب جہاں تب وہاں!! پرنتو تو نے بتایا نہیں۔ انٹرویو ہو گیا؟" بوڑھے نے اپنا سوال دہرایا۔

"ہاں لیکن آپ کو کیسے پتا کہ میں انٹرویو دینے آیا تھا؟"

بوڑھے نے آنکھ میچتے ہوئے کہا، "مجھے سب پتا ہے! بھوت، بھوش سب!!"

"اور ورتمان؟"

"ارے مورکھ! سے کا چکر بہت تیز گھومتا ہے!!! اتنا تیز کہ اس میں ورتمان کا کوئی استھان نہیں!!! تیرا بھوِش اُجول ہے، بس ایک بادھا ہے۔"

"کیسی بادھا؟ میں تو ہر روز اخبار میں اپنی راشی ملاتا ہوں!! آج بھی ملائی ہے!! کوئی بادھا وادھا نہیں!!!"۔

"راشی ملانے سے کچھ نہیں ہوتا۔ یدی راشی کا سمبندھ بھاگ سے ہوتا تو ایک ہی دن جنم لینے والے لاکھوں لوگوں کے بھاگ ایک جیسے ہوتے۔ چھوڑ ان باتوں کو! میں کہتا ہوں، ایک بادھا ہے تو اپرادھ کی بادھا!!

"اپرادھ کی بادھا!!

''ہاں، اپرادھا کی بادھا!!'' اور جب تک یہ بادھا دور نہیں ہوگی، تو روزگار نہیں کر سکتا!!''

''لیکن اپرادھ کا روزگار سے کیا سمبندھ؟'' اندرانیل نے حیرت سے پوچھا۔

بوڑھے نے ندی کی جانب اشارہ کرتے ہوئے کہا: ''ندی کا سمندر سے سمبندھ ہے، سمندر کا بادل سے اور بادل کا بارش سے، اس لیے بارش کا ندی اور سمندر سے سمبندھ ہے۔ ہر وستو کا ہر وستو سے سمبندھ ہے!!''

یہ کہہ کر بوڑھا مسکرایا، سانپ نما ڈنڈے سے اس کی پیشانی کی طرف اشارہ کیا اور تیز گامی سے جانے لگا۔

اندرانیل تعجب سے بوڑھے کو تکتا رہا!!'' دو چار قدم چلنے کے بعد بوڑھے نے گردن کو ذرا خم دے کر کہا: ''اور۔ ہاں! سن، آج رات کو، ہلسا مچھلی سنبھل کر کھانا، کانٹا چبھنے کی سمبھاؤنا ہے!!'' یہ کہہ کر وہ چلا گیا۔ اس دن اندرانیل پارک میں دیر تک گم صم بیٹھا رہا! ایسا گم صم کہ چکر ریل کی آخری ٹرین کب چلی گئی اسے پتہ ہی نہ چلا!!

تری دیب بابو بارسوخ آدمی ہیں۔ سیاست اور باگدہ پالن ان کا خاص مشغلہ ہے۔ پنچایت سمیتی کے سبھاپتی ہیں۔ پارٹی نے یقین دلایا ہے۔ اگر ضلع پریشد پر قبضہ ہوا تو وہ اس کے سبھاپتی بنا دیئے جائیں گے۔ اس لیے وہ چاہتے ہیں کہ اگر ان کا بیٹا کاروبار سنبھال لے تو وہ آئندہ انتخاب میں پوری قوت جھونک دیں گے۔ لیکن اندرانیل عجب لڑکا ہے! اسے سیاست سے سروکار ہے، نہ کاروبار میں دلچسپی! اپنی قسمت خود بنانا چاہتا ہے۔ خود سے اپنے پیروں پر کھڑا ہونا چاہتا ہے۔ درجنوں انٹرویو دے چکا ہے۔ اس بار بھی ایک انٹرویو دے کر پارک میں بیٹھا مونگ پھلی چبا رہا تھا کہ بوڑھا پھر وارد ہوا! بولا، کہا تھا نا، جب تک بادھا دور نہیں ہوگی، تو روزگار نہیں کر سکتا!!! انٹرویو و نٹر یو سے کوئی لابھ نہیں!!''

''اپرادھ! ایک اپرادھ، اور پھر سکھ ہی سکھ! آنند ہی آنند!! یہ کہہ کر بوڑھا جانے لگا۔ لیکن جاتے جاتے مڑ کر کہا: ''بایاں ہاتھ سنبھال کے رکھنا، چوٹ لگنے کی سمبھاؤنا ہے!!'' اور پھر تیز تیز قدموں سے چلتا ہوا جھاڑیوں میں گم ہوگیا!!

بوڑھے کو دوسری بار دیکھ کر اندرانیل حواس باختہ ہوگیا۔ اس دن بھی وہ حیران ہوا تھا، جب اس نے رات کے کھانے میں ہلسا مچھلی دیکھی تھی، اور کھاتے وقت کانٹا اس کے مسوڑے میں چُبھ گیا تھا۔ وہ درد سے کراہ اٹھا تھا۔ ماں نے ساڑی کا آنچل اس کے منہ میں ڈال کر بڑی احتیاط سے کانٹا نکالا تھا۔ خون بھی نکل آیا تھا۔ وہ ابھی سوچ ہی رہا تھا کہ ٹرین کی آواز نے اسے چونکا دیا۔ آخری لوکل تھی۔ وہ اسٹیشن کی طرف لپکا۔ ٹرین سرسراتی ہوئی پلیٹ فارم سے نکلتی جا رہی تھی۔ اس نے دوڑ لگائی اور کسی طرح ٹرین میں سوار ہوگیا۔ دروازے کے پاس ایک شخص کندھے پر دودھ کا کنستر لیے کھڑا تھا۔ گاڑی نے خاصی رفتار پکڑ لی تھی۔ وہ خود کو سنبھال نہ سکا اور دودھ کے کنستر سے جا ٹکرایا۔ وہ دم بھی نہیں لے پایا تھا کہ کسی نے کہا: ''بھائی، کہنی سے خون بہہ رہا ہے۔ اندرانیل نے جھٹ سے کہنی دیکھی۔ اور دوسرے ہی لمحہ بوڑھے کی آواز اس کے کانوں میں گونجنے لگی۔ ''بایاں

ہاتھ سنبھال کر رکھنا۔ چوٹ لگنے کی سمبھاؤنا ہے!!''

''تو کیا اب اپرادھ!'' وہ سہم گیا!!! ایک انجانے خوف نے اسے آگھیرا اور پھر رفتہ رفتہ اندرانیل میں تبدیلی آتی گئی۔ اب اس نے نوکری کے لئے درخواست دینی بند کر دی۔ سارا سارا دن ادھر ادھر سرگرداں پھرنے لگا بڑبڑاتا ہوا۔ اپرادھ! ایک اپرادھ، اور پھر سکھ ہی سکھ! آنند ہی آنند!!'' اور سوچنے لگا کیسے ترقی کی راہ میں حائل وہ رکاوٹ جلدی سے دور ہو جائے۔ چنانچہ ایک دن رات کے ایک بجے وہ چوراہے پر پہنچ گیا اور خبطی کی طرح چکر لگانے لگا۔ نائٹ پٹرولنگ دستے نے اس حال میں دیکھا تو اسے گھر جانے کو کہا۔ لیکن وہ پولس کی بات ماننے کو تیار نہ ہوا۔ کہنے لگا'' مجھے گرفتار کرو! کیا اتنی رات گئے چوراہے پر اس طرح پھرنا اپرادھ نہیں! میں نے اپرادھ کیا ہے!! مجھے گرفتار کرو!!''

انسپکٹر نے اسے پہچان لیا کہ یہ سبھاپتی کا بیٹا ہے۔ اس نے التجا کی،'' اندرانیل بابو، جیپ میں بیٹھ جایئے میں آپ کو گھر چھوڑ دیتا ہوں۔'' لیکن اندرانیل بضد تھا مسلسل کہتا جا رہا تھا،'' میں نے اپرادھ کیا ہے! مجھے گرفتار کرو!!'' اور پولس اسے بزور گاڑی میں بیٹھا کر گھر لے آئی۔ گاڑی کی آواز سن کر ماں بھاگتی ہوئی باہر آئی۔ تری دیب بابو بھی پیچھے پیچھے نکلے۔ انسپکٹر نے سارا ماجرا سنایا ماں نے لپک کر بیٹے کو سینے سے لگالیا۔ سسک کر بولی؛ کیا ہوا بیٹا؟ کیا ہوا اندو تو کہاں چلا گیا تھا؟''

تری دیب بابو نے بیوی کو ڈانٹ پلائی،'' تمہارے اِسی لاڈ پیار سے اس کا دماغ خراب کر دیا ہے۔'' اور وہ دھوتی کا کونچا مٹھی میں دبا کر پھنپھناتے ہوئے اپنے کمرے میں چلے گئے۔

دوسرے دن اندرانیل اچھامتی کے کنارے دیوانہ وار پھرتے پھرتے اچانک اس میں کود پڑا۔ تیرتا ہوا اس پار جانے لگا۔ اچھامتی کے اس پار بنگلہ دیش ہے۔ چنانچہ بی۔ ایس۔ ایف۔ کے جواب فوراً حرکت میں آگئے۔ کشتی لے کر دوڑ پڑے۔ اسے کھینچ کر باہر نکالا۔ ایک جوان نے کہا،'' ارے یہ تو سبھاپتی جی کے سپتر ہیں!''

''تو کیا ہوا؟ ندی پار کرنا اپرادھ ہے۔ میں نے اپرادھ کیا ہے۔ مجھے گرفتار کرو۔ مجھے گرفتار کرو!'' اندرانیل پاگلوں کی طرح چیخ رہا تھا۔ اور اس بار بی۔ ایس۔ ایف۔ کے جوان اسے گھر چھوڑنے آئے۔ تری دیب بابو سے کہا،'' سبھاپتی جی، لگتا ہے ان کی مانسک حالت ٹھیک نہیں ہے۔ آپ سے بنتی ہے۔ انھیں ندی کنارے جانے نہ دیں۔ آتنک واد کے خلاف مہم تیز ہے۔ چوکسی بڑھا دی گئی ہے۔ گولیاں چلا دینے کا آرڈر ہے۔''

جوان جا چکے تھے، لیکن تری دیب بابو اسی جگہ کھڑے رہے۔ منہ پھاڑے! بت بنے!! ماں اور بیٹے کو گھورتے رہے!!!

اور ایک دن اندرانیل نہر کے اس پار چلا گیا۔ جہاں آبادی کی دوسری جانب ایک نہر ہے، اور نہر

کے اس پار ایک بڑا میدان ہے۔ میدان میں ہر بدھ کو ہاٹ لگتا ہے۔

اس دن بھی بدھ تھا۔ وہ وہاں بھی سرافگندہ پھرنے لگا۔ گھنے برگد تلے ایک پنڈت پوتھی اور توتا لیے چپ چاپ بیٹھا ہوا تھا۔ اس نے پنڈت کے سامنے ہتھیلی پھیلا دی۔ پنڈت نے فوراً ہتھیلی تھام لی۔ میگنی فائنگ گلاس سے دیکھتے ہوئے سر ہلا کر بولا، ''ہونہہ، ہونہہ......''

اندرانیل نے بجھے بجھے لہجے میں پوچھا، ''کیا نظر آ رہا ہے؟''

پنڈت نے میگنی فائنگ گلاس اوپر نیچے کرتے ہوئے کہا، ''ہونہہ، نظر تو بہت کچھ آ رہا ہے، پرنتو گھبرانے کی بات نہیں۔''

''گھبرانے کی بات نہیں! مطلب؟'' اندرانیل نے آنکھیں پھاڑ کر پوچھا۔

''نہیں نہیں، گھبرانے کی کوئی بات نہیں ہے۔ ہاتھ ٹھیک ہے۔ پرنتو......''

''پرنتو کیا؟'' اچانک اندرانیل کے لہجے میں کرختگی آ گئی۔

''بس برہسپتی تھوڑا ڈاؤن ہے!'' پنڈت نے سہمے سہمے انداز میں کہا۔

''ڈاؤن ہے، برہسپتی ڈاؤن ہے!! تو کیا ہوگا؟''

''کچھ نہیں، بس تھوڑی بادھا ہے! شادی بیاہ میں بادھا پڑ سکتی ہے! ویسے سب ٹھیک ٹھاک ہے۔ دھن دولت، سکھ، آنند، نوکری میں انتی سب ہے۔''

''یہ کیا؟ کبھی کہہ رہے ہو کہ سب ٹھیک ٹھاک ہے! اور کبھی کہہ رہے ہو کہ بادھا ہے۔'' اندرانیل نے جھنجھلا کر کہا۔

''ہاں میرا مطلب ہے کہ، کہ......'' ایک بار پھر اس نے ہتھیلی الٹ پلٹ کر دیکھی، ''ہونہہ! اسی بہت اچھا ہے، ماتری کال، میرا مطلب ہے کہ ماتری استھل بڑھیا ہے!''

''ارے پنڈت وہ سب چھوڑ۔ بتا کہ نوکری سے پہلا جو بادھا ہے وہ کب دور ہوگی؟'

''نوکری سے پہلے بادھا!! نہ، ایسا تو کوئی لچھن دکھائی نہیں دے رہا۔'' پنڈت نے میگنی فائنگ گلاس اور ہتھیلی دونوں کو اپنی آنکھوں کے قریب لاتے ہوئے کہا۔

''دھت! تجھے ہاتھ واتھ دیکھنا نہیں آتا۔'' یہ کہہ کر وہ اٹھا اور دندناتا ہوا نوکا گھاٹ کی طرف چلا آیا۔ پنڈت چلاتا رہا، ''مہاشے، میری دکشنا......!''

اس پار آتے وقت اس کی نگاہ اشیم باسو پر پڑی۔ اشیم باسو فوڈ اینڈ سپلائیز ڈپارٹمنٹ میں جونیئر افسر تھے۔ اسی پنچایت کمیٹی کے دفتر میں ان کی پوسٹنگ تھی۔ وہ بھی اسی ناؤ پر سوار تھے۔ انھیں دیکھتے ہی اندرانیل بدبدایا، ''اپرادھ! ایک اپرادھ، اور پھر سکھ ہی سکھ! آنند ہی آنند!!'' اور اشیم باسو کے گال پر ایک طمانچہ جڑ دیا۔ ناؤ

میں کھلبلی مچ گئی۔ بات تھانے دار تک پہنچ گئی۔ تھانے دار نے تری دیب بابو سے کہا،" سر، اشیم باسو سرکاری ملازم ہیں۔ شکایت بی۔ ڈی۔ او۔ نے فارورڈ کردی، تو آپ جانتے ہی ہیں، میں بھی ایک سرکاری ملازم ہوں..... اور سر، یہ اندرانیل بابو کو ہوا کیا ہے؟ پاگلوں کی طرح ادھر ادھر مارے مارے پھرتے ہیں؟ آئے دن کچھ نہ کچھ کر بیٹھتے ہیں۔ انھیں کسی اچھے Psychiatrist کو دکھائیے!!"

اور جب تری دیب بابو بیٹے کی حرکتوں سے بہت زیادہ عاجز آگئے تو اپنی بیوی کو لے کر ایک Psychiatrist سے ملنے گئے۔ دورانِ گفتگو اندرانیل کی ماں نے ڈاکٹر کو بتایا،" وہ ان سے بہت ڈرتا ہے۔" اور نظریں نیچی کر کے نرم لہجے میں کہا،" اور ویسے بھی یہ بگڑتے بھی بہت ہیں۔"

ڈاکٹر نے زیرلب کہا،"Phobeal"

بیوی کی باتیں سن کر تری دیب بابو بھر گئے،" بگڑوں نہیں تو کیا کروں؟ سائنس گریجویٹ ہے لیکن جب دیکھو، انگوٹھی، راشی، ہاتھ کی لکیروں کی باتیں کرتا ہے۔ لاکھوں کا کاروبار ہے، اور وہ ہے کہ دو ٹکے کی نوکری کے پیچھے بھاگ رہا ہے!!! اور اب اس قسم کی بے تکی حرکتیں کرنے لگا ہے!!"

ڈاکٹر نے سر ہلاتے ہوئے کہا،" ہونہہ It's a case of Insecurity دراصل insecurity and phobea آپ کی باتوں سے تو ایسا ہی لگتا ہے۔ فی الحال آپ اس کے ساتھ نرمی سے پیش آئیے۔ اسے کسی کام میں مصروف کیجیے۔ کوئی ہابی، کوئی ذمہ داری!! ہاں اگر بزنس میں Involve کر سکتے ہیں تو..... !"

تری دیب بابو نے پیشانی پر بل دے کر کہا،" کاروبار کی طرف تو اس کا ایک دم رجحان ہی نہیں۔ پھر بھی آپ کہتے ہیں تو ایک بار اور کوشش کر کے دیکھتا ہوں۔"

تری دیب بابو نے ایک بار پھر کوشش کی۔ بیوی کی مدد سے بیٹے کو ایموشنلی بلیک میل کرنے کا منصوبہ بنایا۔ بستر پر پھیل گئے۔ ماں نے منہ بنا کر کہا،" اندرانیل، تیرے بابا کی طبیعت ٹھیک نہیں۔ ڈاکٹر نے آرام کرنے کو کہا ہے۔ لیکن انھیں کون سمجھائے! بضد ہیں گھیری پر جانے کے لیے!! کہہ رہے ہیں،" کل پورنما ہے اور ابھی تک جھانکا نہیں ڈالا گیا۔ پارٹی کا فون پر فون آرہا ہے۔ اگر آج رات سے جھانکا نہیں ڈالا گیا تو باگدہ مچھلیاں مرجائیں گی۔ نقصان تو نقصان، مارکیٹ میں بدنامی بھی ہوگی۔ اس لیے اب مجھے ہی گھیری پر جانا ہوگا۔ تو ایک کام کر دو چار دن، رات کو اپنے بابا کے کمرے میں سو جانا۔ انھیں وقت سے دوا دیتے رہنا، دیکھ، یہ گولی اور یہ سیرپ۔" ماں کی بات پوری بھی نہیں ہو پائی تھی کہ اندرانیل نے چونک کر کہا،" تو گھیر پر جائے گی! وہ بھی رات کو!! نہیں، تجھے جانے کی ضرورت نہیں۔"

" تو اور کون جائے گا؟ بول!"

اندرانیل تھوڑی دیر خاموش کھڑا نیم وا آنکھوں سے ماں کا چہرہ دیکھتا رہا۔ پھر دھیمے لہجے میں کہا، "ٹھیک ہے! میں چلا جاؤں گا!!"

اور اس روز اندرانیل رات کو گھیری پر گیا۔ کمپنی کی دو ایئر کنڈیشن وین پہلے ہی پہنچ چکی تھیں۔ ہر جھانکے میں دس کلو، بارہ کلو باگدائیں پکڑی اور وین پر لادی جا رہی تھیں۔ صبح صادق تک یہ سلسلہ چلتا رہا۔ ساڑھے چھ ٹن سے زیادہ باگدائیں پکڑی گئیں۔ کمپنی والوں نے بائیس لاکھ روپے نقد اندرانیل کے حوالے کئے۔ اندرانیل بانس کے پل سے ہوتا ہوا مچان پر چڑھ گیا۔ روپے کی تھیلی کھولی۔ اس نے اتنے سارے روپے ایک ساتھ کبھی دیکھے نہ تھے۔ پانچ سو اور ہزار ہزار کے کرارے کرارے نوٹوں کے پلندے! وہ انھیں دیر تک گنتا رہا! کبھی جلدی جلدی اور کبھی ٹھہر ٹھہر کر!!

گھر لوٹ کر جب اس نے روپے کی تھیلی ماں باپ کے سامنے رکھی، تو انھوں نے بیٹے میں خوش آئند تبدیلی محسوس کی۔ ان کی خوشی کی انتہا نہ رہی!!

دوسرے دن بھی اندرانیل گھیری پر پہنچا۔ لاکھوں کی باگدائیں پکڑیں اور فروخت کی گئیں۔ اندرانیل نے اسی طرح مچان پر بیٹھ کر دیر تک روپے گنے، اور تھیلی چھاتی سے چمٹا لئے گھر آیا۔ یہ سلسلہ پانچ دنوں تک چلتا رہا۔ چھٹے دن اندرانیل نے تری دیب بابو سے کہا، "بابو جی کیوں نا ہم کھال (نہر) کے اس پار والے کھیت کو بھی گھیری میں بدل کے باگدہ پالن کریں؟

کاروبار میں بیٹے کی دلچسپی دیکھ کر تری دیب بابو پھولے نہ سمائے۔ کہنے لگے، "ہاں تو نے ٹھیک کہا، میں بھی یہی سوچ رہا تھا۔ ایک کام کر، میری اٹیچی لا۔" اور تری دیب بابو نے اٹیچی سے کاغذ کا ایک ٹکڑا نکال کر بڑھاتے ہوئے کہا، "دیکھ یہ ان کسانوں کی لسٹ ہے، جن کی زمینیں ہمارے کھیت کے آس پاس ہیں۔ انھیں سرکار نے زمینیں کاشتکاری کے لیے دی ہیں۔ تو ایک کام کر ان لوگوں کو لے کر ایک کواپریٹیو بنا۔ میں تجھے اس کواپریٹو کا چیئرمین بنا دوں گا۔"

اور وہی ہوا ایک مہینے کے اندر کواپریٹیو بن کر تیار ہو گئی۔ تقریباً ڈیڑھ سو بیگھہ زمین یکجا کی گئی۔ کمر تک گہری مٹی کھود کر اینٹ بھٹوں کو بیچی گئی۔ ان میں سے کچھ پیسے سے زمین کے ایک کونے میں کنکریٹ کے تین پروسینگ ٹینک بنائے گئے، اور نہر سے پانی کھینچنے کے لیے چھ ڈیزل پمپ سیٹ خریدے گئے۔ جن کسانوں کی زمینیں لی گئی تھیں ان سبھوں کو سستی مزدوری پر باگدہ پالن کے کام میں جوت دیا گیا۔ ٹینکوں میں پن (باگدہ کے انڈے) کی دیکھ بھال کا کام ہو، یا ہر دس دنوں بعد ایک سے دوسرے ٹینک میں ان کی تبدیلی انھیں فنڈ اور دوائیں دینے کا کام ہو یا انھیں گھیری میں منتقل کر کے رات رات بھر بانس کے مچان پر بیٹھ کر پہرہ دینے کا کام۔ ہر کام کے عوض میں روزانہ ستر، اسی روپے محنتانہ طے تھا۔ کسان بھی خوش تھے۔ زمین

تو انھیں مفت میں ملی تھی۔ زمین کے چھوٹے سے ٹکڑے پر دھان، پارٹ بوکر آخر انھیں ملتا بھی کیا تھا۔ اور پھر تری دیب منڈل جیسے نیتاؤں سے وابستگی تو اپنے آپ میں ان کے لئے ایک قابل رشک بات تھی۔ غرض یہ کہ چند ہی مہینوں میں نئی گھیری باگدہ پالن کے لیے تیار ہوگئی۔ بھلا ہوتی بھی کیوں نہیں، اچھامتی ندی سے نکلنے والی اس نہر کا پانی ویسے تو میٹھا ہے، لیکن جب ندی میں جوار آجاتا ہے اور سندر بن کے راستے خلیج بنگال کا نمکین پانی اس میں بھر جاتا ہے تو یہ نہر میٹھے اور نمکین پانی کا آمیزہ بن جاتی ہے اس آمیزہ میں باگدائیں خوب پھلتی پھولتی ہیں۔ عام دنوں میں جھینگا مچھلی کی یہ نسل کیچڑ سے نکل کر پانی کی سطح پر آجاتی ہے۔ اب اندرانیل کی اس نئی گھیری میں بھی باگدائیں سطح آب پر آنے لگی تھیں۔ چنانچہ جھانکے ڈالے گئے۔ ٹنوں باگدائیں پکڑی گئیں۔ چار راتوں تک یہ سلسلہ چلتا رہا۔ آج پانچویں رات تھی۔ رات بھر جھانکا ڈالنے، باگدہ پکڑنے، وزن کرنے اور وین پر لادنے کا کام چلتا رہا۔ پو پھٹ چکی تھی۔ فضا میں ہلکی ہلکی روشنی پھیل گئی تھی۔ پرندوں کی چہچہاہٹ سے پورا ماحول گونج اٹھا تھا۔ کمپنی والے روپوں سے بھری تھیلی اندرانیل کو دے کر چلے گئے تھے۔ مزدوروں کی ٹولی بھی جاچکی تھی۔ پہرہ دار مچان پر بیٹھے اونگھنے لگے تھے۔ گھیر کی تہ سے اٹھنے والی بدبو شمال سے آنے والی ٹھنڈی ہواؤں میں تحلیل ہوتی جارہی تھی۔ رات بھر کے کام سے پگڈنڈیاں کیچڑ آلودہ ہو چکی تھیں اندرانیل چھاتی سے روپوں کی تھیلی چمٹائے ان پگڈنڈیوں سے پیر جما جما کر گھر کی طرف جارہا تھا کہ کسی نے پیچھے سے اس کے کندھے پر ہاتھ رکھ دیا۔ وہ چونک پڑا اس نے مڑ کے دیکھا سامنے بوڑھا کھڑا تھا، اپنے مخصوص بھیس میں۔ اندرانیل نے بوڑھے کی آنکھوں میں آنکھیں ڈال کر پوچھا، ''آپ یہاں!! اس وقت!!!'' ''میں یہاں !وہاں!! جب جہاں تب وہاں!!! بوڑھے نے پتلیاں نچاتے ہوئے کہا، ''اَپرادھ! ایک اَپرادھ اور پھر سکھ ہی سکھ! آنند ہی آنند!!

''لیکن آپ کی بات تو جھوٹی نکلی۔ دیکھئے بنا اپرادھ کیے ہی مجھے اتنا اچھا روزگار مل گیا ہے، لاکھوں روپے کمانے کا!'' اندرانیل نے روپے کی تھیلی کی طرف آنکھوں سے اشارہ کرتے ہوئے کہا۔

بوڑھے نے ہونٹوں پر معنی خیز مسکراہٹ سجائی اور آنکھ کو جنبش دیتے ہوئے کہا، ''اچھا سچ سچ تو نے کوئی اپرادھ نہیں کیا؟ بوڑھے نے تھوڑے توقف کے بعد آنکھیں موند کر کہا، ''کیا اپجاؤ زمین پر باگدہ پالن اپرادھ نہیں؟ اپرادھ ہے، گھور اَپرادھ۔ اس کے علاوہ بھی تو نے کئی اپرادھ......

اس نے اپنی بات پوری بھی نہ کی تھی کہ اندرانیل نے گھٹنوں کے درمیان روپے کی تھیلی دبائی، جسم کا اوپری حصہ موڑ کر دونوں ہاتھوں سے بوڑھے کی گردن دبوچ لی اور پوری طاقت سے کھینچ کر اسے گھیر میں پھینک دیا۔ 'چھپاک' ایک آواز ابھری، اور دوسرے ہی لمحہ فضا میں خاموشی چھا گئی! پانی کی سطح پر بننے والا دائرہ آہستہ آہستہ آنکھوں سے اوجھل ہوتا چلا گیا!!

زلزلے

● اقبال مجید

● اماوس کی اندھیری اور ہیبت ناک رات کا یہ سانحہ ہے۔

یہ سانحہ میری زندگی سے براہ راست جڑا ہوا ہے۔ کاش میں اس کا راوی نہ ہوتا۔ یا پھر کوئی غیبی طاقت میرے بیان میں اتنی قوت دے کہ میں اسے بیان کرسکوں۔ دراصل میں ایمانداری سے نہیں کہہ سکتا کہ یہ سانحہ میری زندگی کا ہے یا اس بانکی ترچھی عورت کی زندگی کا۔ ہم ایک حشر بداماں زندگی کے ساتھ اپنی اپنی دوڑ، اپنے اپنے ٹریک سوٹ پہنے دوڑ رہے تھے۔ آکرتی میری پہنچ میں تھی، بلکہ کبھی کبھی مجھے یہ بھی شبہ ہوا کہ وہ میرا پیچھا کرتی تھی۔ دکان، بس اسٹینڈ، چائے خانہ، جہاں بھی میں ہوتا وہ اچانک آجایا کرتی۔ ایک دن اتفاقاً ایک چائے خانے میں جہاں میں اکیلا بیٹھا تھا کھٹ کھٹ کرتی، اپنی بھری بھری اور خوش شکل چھاتیاں اچھالتی آگئی۔ میگزین اور کتابیں میز پر پٹکیں اور دھم سے بیٹھ گئی۔ نہ ہلو نہ ہائے۔ ابھی ڈیڑھ سال پہلے اس کا گھر بار، بال بچے، مال واسباب سب کچھ ایک زلزلے میں تباہ ہو چکا تھا۔ اس بار اس کے ابھرے سینے نے کسی سبب مجھے مخاطب کرلیا اور میری نظر کچھ زیادہ ہی پل ادھر ٹھہری رہی تو وہ مسکرائی اور مجھے اطلاع دی۔

''آج کل کی عورتوں کی جسمانی خوبصورتی میں نمایاں چھاتیاں، فیشن میں ہیں۔ ورزش گھروں میں خاص ورزشوں سے انہیں ابھارا جاتا ہے''۔ میں اندر سے جھینپ گیا ہوں یہ میں نے آکرتی پر ظاہر نہ ہونے دیا، لیکن اس نے دیکھ لیا۔ بہت کچھ جو عام آنکھیں ذرا توقف کے بعد دیکھ پاتی تھیں آکرتی اسے پلک جھپکتے میں دیکھ لیتی تھی۔ اس کے چہرے پر آنکھوں کی کشش عجیب وغریب تھی، ایسا لگتا جیسے آر پار ہو رہی ہوں۔

تم میرا کیوں پیچھا کرتی ہو؟

پیچھا......؟ وہ حیرت سے بولی

ہاں......

''پیچھا میں نہیں آپ کر رہے ہیں میرا، لیکن مجھے پولیس کی مدد نہیں مانگنا ہے، البتہ اگر میں آپ کے اندر ایک سکڑی سکڑی، چھنے کارتوس جیسی، بارود سے خالی روح کی تیل مالش کرسکوں تو اسے میں

نیک کام سمجھوں گی۔'' میں نے محسوس کیا کہ میں اپنی ذات کو اس پر عیاں کرنے میں جس قدر تکلف اور لئے دیئے پن سے کام لے رہا تھا آ کرتی اسی قدر تندہی سے مزاحمتوں کے ان پشتاروں کو روندتی چلی جاتی تھی۔ شاید اس کھیل میں اس نے کوئی امید دیکھی ہوگی۔ کیونکہ جہاں وہ دیکھ لیتی تھی میری نظر دیر میں وہاں پہنچتی تھی۔ لگتا تھا اس کے پاس زیادہ وقت نہیں ہے اور ایک موٹی کتاب اس کے سامنے ہے جس کا ایک ایک لفظ وہ پڑھ لینا چاہتی ہو۔ آ کرتی کو لے کر میری کئی الجھنیں اور حیرت تھی کہ وہ ان الجھنوں کو مجھ سے زیادہ جانتی تھی، جب اس کے لئے بلیک ٹی میں نے منگائی تو اس کی چسکی لے کر وہ بولی۔

''میری ذات کو اپنے Power Structure کو توازن میں رکھنے کے لئے کوشاں رہنا چاہئے۔'' مجھے یاد آیا کہ پہلی ملاقات میں آ کرتی نے قوت کے ڈھانچے کی بات ایک اور انداز سے کہی تھی۔

وہ گرمیوں کی دوپہر تھی، ویران سڑکوں پر بکتر بند گاڑیاں فلیگ مارچ کر رہی تھیں، گھروں کے مرد پولیس کے تشدد سے اسپتالوں میں پڑے تھے، عورتیں آلو پیاز کو ترس رہی تھیں، عمارتوں کی کھڑکیوں، دروازوں سے جھانکنے والوں پر بھی گولی چلانے کا حکم دیا گیا تھا اور پولیس کے رنگروٹ سپاہی جنہوں نے ٹریننگ کے بعد بھی رائفل نہیں چلائی تھی اسے استعمال کرنے، ٹریگر دبانے اور گولیوں کی رومانٹک آواز سننے کی طاقت ور خواہش اور چاہ ان کے سینہ سے زلزلے کی برقی لہروں کی مانند باہر آنے کے لئے مچل رہی تھیں تو اس سراسیمگی کے ماحول میں میری ملاقات آ کرتی سے اس کافی شاپ میں ہوگئی تھی جہاں کچی عمر کے نوجوان جوڑے کافی کی پیالی پر رومانس کرتے کرتے جب جنسی ہیجان اور بے قابو جذبات نام نہاد اخلاقی رکاوٹوں کو منہدم کرنے لگتے تو وہ کافی شاپ کچھ دیر کے لئے انہیں ایک خفیہ نہاں خانہ بھی مہیا کر دیتی۔ اسی کافی شاپ میں میں نے آ کرتی کو شان سے سر اٹھاتے تیز اور پراعتماد قدموں سے اندر آتے دیکھا۔ کونے کی میز پر جہاں میں اکیلا تھا پہنچ کر وہ ٹھٹکی پھر میرے سامنے کی کرسی پر ہاتھ رکھ کر مجھے مقناطیسی نگاہوں سے دیکھتی بولی۔

مجھے یقین ہے کہ یہ کرسی خالی ہے۔ پھر میرے جواب کا انتظار کئے بغیر بیٹھ گئی۔

آپ کا یقین غلط نہیں تھا۔ میں ٹپٹا کر بولا، اس کی ابھری چھاتیوں کے درمیان گلے میں لٹکا کرفیو پاس جھول رہا تھا جس سے مجھے اندازہ ہوا کہ جرنلسٹ ہے۔ وہ اطمینان سے مخاطب ہوئی ''یہ جو کچھ ہو رہا ہے حکومت کے Power Structure کا مسئلہ ہے۔ توازن بگڑنے کا خوف ہے۔ وہ اس آلے یا رکٹر پر برابر نظر بھی رکھے ہے جو زلزلوں کی کیفیت بتاتا ہے''۔

آ کرتی کی اس بات میں پاور اسٹرکچر کے لفظ کا استعمال میرے لئے نیا پن تھا لیکن تھوڑی دیر خاصہ مضطرب رہ کر جو بات اس نے کہی اس نے مجھے متوجہ کر لیا۔ پہلے تو وہ بے خیالی میں چمچے سے طشتری

بجاتی رہی، کچھ اتنی بلند آواز سے کہ آس پاس کے لوگ متوجہ ہو گئے پھر تجمہ رک کر اور ایک لمبی ٹھنڈی سانس بھر کر یوں نکالی جیسے اس کے دبیز غلاف میں کچھ چھپا رہی ہو پھر یوں بولی۔

"سوشل پاور اسٹرکچر کے بگڑنے میں جو زلزلے آتے ہیں ان کا ملبہ جن راستوں پر گرتا ہے اس کے ملبے پر سے لوگ پھاندتے ہوئے یا اوپر سے چلتے ہوئے نکل جاتے ہیں ٹرافک بھی نہیں رکتا۔"

اسی وقت کافی شاپ کی پینٹری کے دروازے سے نکل کر ایک گدبی گدبی سی، اوپر نیچے دونوں طرف سے موٹی، چوڑے منہ اور موٹی بھدی گردن والی سانولے رنگ کی ایک عورت کاؤنٹر پر آئی جو کشادہ ماتھے پر خوب موٹی سی بندی لگائے تھی۔ اسے دیکھ کر آکرتی آہستہ سے بولی۔

"یہ اس شاپ کی کروڑپتی اونر ہے۔ اس نے حکومت سے بابا امیڈکر کی یادگاریں بنانے کے بعض فرموں کے فرضی ناموں سے موٹے موٹے ٹھیکے ہتھیائے ہیں، کہا جاتا ہے اس کے پاس دلت ہونے کا جعلی سرٹیفکٹ ہے۔ اس کا مقامی پاور اسٹرکچر میں بہت دخل ہے یہ کئی علاقوں میں کبھی بھی زلزلے لا سکتی ہے جن کے ملبوں کا پتا تفتیشی صحافت (Investigative Journalism) بڑی دیر میں لگا پاتی ہے۔ اس عورت کو اس کی عرفیت سے پکارا جاتا ہے۔ آپ جانتے ہیں وہ کیا ہے؟" میں مسکرایا

یہ انگریزی کے ہندسے اٹھ (۸) کی طرح موٹی ہے۔ تو یہی میڈم ایٹ "Eight" ہے۔"

اچھا تو آپ اسے جانتے ہیں؟

ہاں تعارف کبھی نہیں ہوا۔ لے دے بہت سنی ہے۔

لے دے سے کیا ہوتا ہے۔ وہ غصے سے بولی" اس کے لائے زلزلوں کا ملبہ ہٹانے کا کام ہم جیسے جرنلسٹوں کا ہے، پھاوڑا اور کدالی لے کر دوڑ پڑتے ہیں ملبے کے نیچے سے نکلی لاشوں کا شمار کر کے راجستھان کی کرائے پر رونے والی ردالیوں کی طرح سینہ پیٹ پیٹ کر روتے ہیں"۔

آکرتی نے بتایا کہ شاپ پر بغیر وردی کی سوشل پولیس کے کارندے موقعہ بے موقعہ چکر لگایا کرتے ہیں اور یہ بھی نہیں کہ اس کی خبر میڈم ایٹ "Eight" کو نہ ہو۔

کاؤنٹر پر کھڑے کھڑے میڈم ایٹ نے خاص لگاوٹ والی مسکراہٹ سے آکرتی کو وش کیا تھا آکرتی نے بتایا کہ میڈم اس پر مہربان ہے۔ ایک وصف یہ بھی بتایا کہ وہ اپنے ہاتھ آئے پروجیکٹوں کی بخیہ اخباروں میں چالاکی سے خود ادھڑواتی ہے جس سے لوگوں میں شکوک پیدا ہوں پھر ان کے منہ بند کر دینے والے جواب فرضی خطوں کے ذریعے دیتی ہے آکرتی نے مجھ سے کہا تھا۔

وجود کی حفاظت کے لئے بھی ایک پاور اسٹرکچر کو مرتب کیا جاتا ہے، اس کی مضبوطی کے لئے بعض حالات میں خبروں میں رہنا ضروری ہوتا ہے کیونکہ لوگوں کی یادداشت کمزور ہوتی ہے۔ یہ عورت ان دنوں مجھے پال پوس رہی ہے۔ اس کی قوت کے ڈھانچے کو مجھ جیسی میونسپلٹی کے صفائی کامگار بھی چاہتے

ہوتے ہیں۔ آ کرتی میں ایک آگ تھی جو مجھ میں نہ تھی اگر تھی تو میں نے اسے پہچانا نہ تھا آ کرتی میں ایک سفاک بربھی تھی جو مجھ میں نہ تھی اگر تھی تو کبھی باہر نہ آئی تھی، اس کی آنکھوں کی حیرت خیز مقناطیسیت کو دیکھ کر اسے کام دینے والے الجھن میں پڑ جاتے تھے، شوہر تو اسے پہلے ہی چھوڑ چکا تھا وہ کئی بار مختلف پیرائے اور لفظوں میں یہ بات کہہ چکی تھی کہ کوئی نہیں جانتا کہ زندگی کا کون سا پل کن معنوں میں فیصلہ کن ثابت ہوگا اور انسان کی آرزوئیں، خواب، توقعات اور حوصلے سب ایک ان دیکھے اور انجانے زلزلے کے نیچے دب جائیں گے، پھر کون پہلے آگے آئے گا، ملبوں کو ہٹانے اور راہوں کو روشن کرنے کے جتن کرے گا، ٹوٹے ہوئے پل جوڑے گا چٹختی زمین کی درازیں بھرے گا، بس ایسی ہی کیفیت میں یکایک آ کرتی کے لئے ریلیف کیمپ کے مانند، کمبل، برتن، ڈبل روٹی اور مٹی کا تیل فراہم کرنے والی ایک خطرناک حد تک رحم دل، گھٹی ہوئی اور فتنہ پرور چھولداری بن کر میڈیم ایٹ آگے آ گئی۔ اس شام پتا نہیں کہ آ کرتی کے ریلیف کیمپ میں اس پر کیا گزری تھی کہ وہ مجھ سے پوچھ بیٹھی۔

آپ اکیلے رہتے ہیں۔ پھر خود ہی کہنے لگی۔ پتہ نہیں کیسے رہ لیتے ہیں اکیلے آدمی کی بیماریوں نے آپ کو اگر گھیر لیا تو پھر دو کیلے نہ رہ پائیں گے، صحافت تو چوہے کی طرح بل میں رہنے والی نپنسکوں کے بس کی چیز نہیں ہے، آخر چکر کیا ہے۔'' میں نے مسکرا کر پوچھا یہ تم پوچھ کیوں رہی ہو، تم اپنا چکر بتاؤ، تو وہ جھٹ سے بلا تکلف بولی۔

''کیا میں آپ کے ساتھ ایک کمرہ شیئر کر سکتی ہوں''۔ میری زندگی سیپ میں چھپے گھونگھے جیسی ہو چکی تھی، میں یہ بھی اب بھولنے لگا تھا کہ میری زندگی میں بھی ایک زلزلہ آ چکا ہے، جس کا ملبہ ابھی تک اٹھ نہیں سکا ہے، اس میں دبی لاشیں بھی میں بھولنے لگا تھا میں نے آ کرتی سے صاف کہہ دیا۔

''جہاں میں رہتا ہوں وہاں ملبہ بھی ہے اور اس کے نیچے دبی لاشیں بھی۔ کیا تم جانتی ہو بعض زلزلے دلوں کے قصر بھی ڈھا دیا کرتے ہیں اور ان کی لاشوں کی تکفین میں وقت لگتا ہے، شاید تم لاشوں کے ساتھ رہنا پسند نہیں کرو گی۔''

میرا جواب سن کر وہ سوچتی رہی کچھ بولی نہیں، اپنی مقناطیسی نظروں سے میرا انگ انگ ٹٹولتی رہی۔ وہ سب کچھ مجھ سے پہلے جان لیتی تھی۔ ممکن تھا کہ اسے یہ بھی معلوم ہو کہ میری بیوی نے زہر کھا لیا تھا اور وہ یہ بھی جانتی ہو کہ میں اب سرکس کے تابع دار گھوڑے کی طرح رنگ ماسٹر کے ہنٹر پر ہمیشہ نظر رکھتا ہوں اور میں اس ہنٹر کے طفیل دو اور دو چار کی طرح ایک سیدھی لکیر پر چلا جا رہا ہوں۔ میں لکیر کو چھوڑنے سے ڈرتا ہوں۔ کوئی اچھا کام کرنے پر جب مجھے جلیبی کھانے کو ملتی ہے تو پھر میں دوسری طرح کا کوئی کام کرنے کے لائق نہیں رہ جاتا، اس لئے تندرست اور ہٹا کٹا ہوں، فاقے برداشت کر لیتا ہوں۔ تین تین دن کمرے میں بند، دن رات روشنی اور تازہ ہوا کے بغیر چاق و چوبند رہتا ہوں۔ کسی بھی دلدوز واقعے پر

کوئی آہ اور کوئی سسکی میرے قریب بھی نہیں پھٹکتی۔ مجھے لگا کہ آکرتی یہ ساری باتیں جان گئی تھی اس لئے شاید ساتھ رہنے کی تجویز رکھ کر وہ مجھے دہشت زدہ کر دینے کا کھیل تفریحاً کھیل رہی تھی۔ ایک دن کافی پیتے ہوئے وہ اپنی پیالی کے اوپر سے بار بار مجھے تک تک دیکھتی رہی اور شاید وہ کچھ کہنے کے لئے مناسب الفاظ ڈھونڈ رہی تھی آخر کو وہ بولی

''یہ کافی جو ہم پی رہے ہیں اپنی اسی شکل میں زمین سے نہیں اگتی، اس میں یہ پرکشش رنگ، لذت اور خوشبو نکالنے کے لئے صرف پودوں کے بیج سے ہی کام نہیں چلتا، زندگی گھولنا پڑتی ہے Pereulate کرنا پڑتا ہے۔ قبرستان سے باہر نکلئے۔''

میں نے اس طرح اس کی بات ایک کان سے سن کر دوسرے کان سے نکال دی کہ وہ بھی جان جائے کہ میں ایسا پورے ارادے کے ساتھ کر رہا ہوں۔ وہ چپ چاپ پیچ و تاب کھاتی رہی اندرونی جذبات نے اس کا منہ لال کر دیا تھا آخر وہ خاصے غیض و غضب کی حالت میں اٹھ کر چلی گئی۔

عورتیں کب اور کیوں برافروختہ ہو جایا کرتی ہیں اس کا مجھے زیادہ تجربہ نہ تھا۔ پہلے بھی وہ ایک آدھ بار میری غیر سنجیدگی پر لال پیلی ہو چکی تھی مجھے یہ شبہ تھا کہ وہ میرے مزاج اور اس کے نزدیک ناپسندیدہ رویوں کو ضبط و تحمل کے ساتھ برداشت کر لے جانے کی قوت کھوتی جا رہی تھی۔ ایک دن اس نے کہا ''تم مجھ میں دلچسپی نہیں رکھتے، لیکن میں اس بات کو اس لئے نظر انداز کرتی ہوں کہ تم کسی چیز میں بھی دلچسپی نہیں لیتے۔ لیکن تم میرے لئے قابل رحم بھی ہو اس لئے کہ تم اپنے آپ میں بھی دلچسپی نہیں لیتے، کچھ ایسی ہی شکایت میری نئی نویلی بیوی کو بھی تھی، لیکن اس نے یہ کبھی نہ کہا کہ وہ مجھے قابل رحم سمجھتی ہے۔ اس دن ایک عجیب و غریب رنگت کا پھول آکرتی میرے لئے لائی۔ وہ پھول اس نے بڑی لگاوٹ سے پیش کیا۔

''یہ پھول اس چھوٹی سی چڑیا کی رنگت کا ہے، جو زلزلے کی آہٹ پہچان لیتی ہے''۔

یہ تو مجھے بعد میں پتہ چلا کہ وہ پھول اس نے کیوں مجھے تحفے میں دیا تھا۔

ایک دن اس نے فون پر مجھ سے عجیب عجیب سی باتیں کیں، حالانکہ وہ باتیں بہت عجیب بھی نہ تھیں، مگر ان میں میری تضحیک کے پہلو بھی تھے۔ پھر وہ فون پر میری ذات کے موضوع کو لے کر مشتعل ہو گئی۔ پھر اپنا غصہ روکا اور مجھے سمجھاتی رہی۔ ''ذات کوئی ایسی چیز نہیں جو کسی دکان کے شوکیس میں رکھی مل جائے اور آپ اسے خرید لائیں آپ کی خود آگہی کے ہاتھوں ہی ذات کی آہستہ آہستہ پرورش ہوتی ہے، پھر جھنجھلا کر بولی۔ ''میں بھی پاگل ہوں۔ کسے فون پر سمجھا رہی ہوں''۔ اور سلسلہ منقطع کر دیا۔

اماوس کی اندھیری اور ہیبت ناک رات کا یہ سانحہ ہے۔

کاش میں اس کا راوی نہ ہوتا۔ یا پھر کوئی غیبی طاقت سے مجھے اتنی قوت مل جاتی کہ میں اسے

بیان کرسکتا۔اس اماوس کی رات میں میری خوابگاہ کی کھڑکی جو خاصی نیچی تھی کھلی رہ گئی۔اب مجھے یاد نہیں کہ میں نے اسے دانستہ کھولا تھا یا وہ بھول سے کھلی رہ گئی تھی۔ میں کھڑکیاں بند رکھتا ہوں۔ایک خیال بار بار یہ آتا ہے کہ میں نے ہی وہ کھڑکی کھولی تھی، کچھ ایسا بھی خیال ہے کہ سوتے وقت میری نظر بھی اس پر پڑی تھی لیکن میں نے اسے بند نہیں کیا۔ایسا کبھی ہوتا نہ تھا پھر کیوں ہوا مجھے خود بھی اس پر حیرت ہے۔

آگے کا سنسنی خیز واقعہ یہ ہے کہ آ کرتی کسی شاطر اور دلاور چور کی طرح اس کھلی کھڑکی کے راستے میرے کمرے میں گھسی جو میرا دھندلا سا خیال ہے کہ میں نے ہی کھولی تھی۔آہٹ پر میری آنکھ کھل گئی یا پھر میں آنکھ کھولنے کے انتظار میں ہی آنکھیں بند کیے لیٹا تھا۔ٹارچ جلائی تو دیکھا آ کرتی اطمینان سے فرج کا دروازہ کھولے ہوئے ٹھنڈے پانی کی بوتل منہ سے لگائے کھڑی تھی۔ میں پہلے کچھ خفیف سا خوفزدہ ہوا یا پھر میں نے سوچا کہ صورت حال کا تقاضہ ہے کہ میں کچھ خوفزدہ ہو جاؤں۔پھر ہمت کر کے بولا۔

ایسا کیوں کیا تم نے؟

ایسا ہی کرنا چاہے تھا۔شاید آپ بھی ایسا ہی چاہتے تھے۔اس نے طنز کیا۔میں نے تلخی سے پوچھا۔کیا مطلب ہے تمہارا؟

عام راستہ استعمال نہیں ہوسکتا تھا۔وہاں ملبہ پڑا ہے۔دو پل وہ چپ رہی پھر سانس چھوڑ کر بولی۔''میں میڈم کی چاکری سے تھک گئی ہوں۔''

ہم نے ایک دوسرے سے اس بات کا ذکر تو نہیں کیا تھا لیکن ہمیں زندگی اور قدرت کے تجربات نے یہ سکھایا تھا کہ فتوحات سے زیادہ شکستوں کی تعظیم کرنی چاہئے۔وہ دیوان سے اٹھ کر میرے سرہانے بیٹھ گئی، سگریٹ جلائی پھر گردن جھکا کر اپنی زندگی کے لائے زلزلوں کی یادوں کے میوزیم کی سیر کی پھر میرے برابر ہی بستر پر بلا تکلف دراز ہوگئی۔کانوں کے پاس سرگوشی کی۔

میڈم بڑی ڈاکو نکلی، ملبے سے نکلے مہلوکین کے گلے کی چین (Chain) اور جیبوں سے نقدی بھی نکال لیتی ہے۔کافی شاپ رنڈی خانہ ہے۔وہ جنس کے بازار کی ہی دلال نہیں دلتوں کے ریلیف کیمپوں اور سرکاری خزانے کے درمیان کی ایک ایجنٹ بھی ہے۔اور اس نے مجھے بھی سرکاری ریسٹ ہاؤسوں کی خوابگاہوں میں حکام کے انٹرویو لینے بھیجنا شروع کر دیا تھا۔ہم نے اپنی ٹیم کے ساتھ خفیہ کیمروں کی مدد سے اس کا بھانڈا پھوڑ دیا ہے۔دیکھنا ہے کہ اخباروں کے لائے زلزلے کے ملبے میں کتنے دبتے ہیں، یہ سن کر میں نے اس کی طرف سے پیٹھ کر لی، ترشی کے لہجے میں اسے گوش گزار کیا کہ وہ کسی میلو ڈرامے کا انتظار نہ کرے۔معاشرہ ایسے ڈراموں سے الگ چیز ہے۔معاشرے میں کوئی ضروری نہیں کہ جابر اور ظالم کا انجام ہمیشہ دردناک ہو، ایسا خوب ہوتا ہے کہ وہ ہر الزام سے بری ہو جاتا ہے۔بدی کی

قوتیں ہی اصل معنوں میں طاقت ور اور کچھ کر گزر جانے والی قوتیں ہوا کرتی ہیں''۔ تو وہ پھٹ سے بولی۔

''اسی طرح جیسے میں تمہاری مرضی اور اجازت کے بغیر اندھیری رات میں تمہاری خواب گاہ میں پھاند کر آگئی ہوں۔''

کیسا تباہ کن اندھیرا تھا، جو غارت گر بھی تھا اور خلاق بھی۔ اور کیسا پر عزم بولتا ہوا سناٹا تھا جب زلزلوں کی تباہ کار اور ہیجان انگیز غیبی قوت کے ساتھ اپنے مکمل وجود کی ان دیکھی حیرت ناکیوں کو وہ اپنے بستر کے مرد پر ایک پھرے ہوئے جنوں کے ساتھ منکشف کرنے والی ایک غضبناک درندہ مادہ بن کر ہزار آنکھوں والی کالی رات میں مجھے چیرتی پھاڑتی اور میری تکہ بوٹی کرتی رہی اور ہچکیوں سے روتے ہوئے میری ذات کو ہمیشہ محتاط شریف زادہ اور گھنا بنائے رکھنے والا، کھوکھلی نیکیوں کا امانت دار، عیبوں کی بلی کے گو کی طرح چھپائے رکھنے والا ڈرپوک نامرد بتا کر اور مجھے حرامزادہ، بدقسمت اور بدعقل کہہ کر فرانٹے سے ننگی گالیاں دیتی رہی پھر رُندھے گلے سے بولی۔

''تمہارے ساتھ سینے پر بیٹھی جو کچھ میں کر رہی ہوں وہ اگر بدی ہے تو یاد رکھو بدی کی قوتیں ہی کچھ کر گزرنے کے اہل ہوتی ہیں۔''

اس وقت اس جانے بوجھے چہرے پر ایسے غیر مانوس نقوش ابھر آئے تھے جو بدنما ہوتے ہوئے بھی خوبصورت تھے۔ آنکھوں سے نفرت کی ایسی آتشبازی چھوٹ رہی تھی کہ دل کہتا تھا وہ تھمے نہیں، مجھے حیرت تھی کہ جیسے آواز بھی اس کی آواز نہ تھی اس کی گرفت کا لمس جسے میں چلتے پھرتے کئی بار اپنی انگلیوں اور ہتھیلیوں پر محسوس کر چکا تھا اس میں اب ایسی پرکشش اجنبیت تھی جو میرے اندر حیرتوں کا وہ جادو جگا رہی تھی جس کے اثر سے باہر نکلنا چاہتے ہوئے بھی خود کو کھلا دھوکہ دیے کر کسی تدبر سے بھی باہر نہیں نکل سکتا تھا یا پھر نکل جانے کے زیاں کو برداشت کرنے کا حوصلہ ہی مجھ میں نہ رہ گیا تھا۔ میرا رواں رواں جیسے چیخ چیخ کر کہہ رہا تھا کہ ایسے پراسرار اور بھید بھرے لاوے کی طرح مشتعل لمحے پوری پوری زندگی کے لاحاصل انتظار کے بعد بھی پاس سے چھو کر بھی نہیں گزرتے جب کہ اس وقت وہ میرے جسم اور روح کو شرابور کیے دے رہے تھے۔

لیکن یکا یک آکرتی کی پیش قدمی ٹھہر گئی۔ چہرے پر نئے شکوک کی پرچھائیاں سی ابھریں اس نے کنکھیوں سے جن میں میرے لئے ناپسندیدگی کی رمق تھی مجھے دیکھا اور بولی۔

''مجھے تم پر ترس اس لئے آتا ہے کہ تم اپنے بارے میں بھی سوچنے سے بھاگتے ہو، میں نے تمہیں اپنی چھاتیوں کی نظر ٹھہرا دینے والی گولائیوں اور ابھاروں سے لبھانا چاہا تو مجھے اندازہ ہوا کہ تم نے لذتوں سے سنسنی خیز احساسات کو اور نفس کے مطالبوں کو دہشت زدہ کر دیا ہے بالکل ایک ڈرے ہوئے بچے کے مانند جو اپنے پسندیدہ کھلونوں سے یکا یک ڈر کر سہم جائے۔ مگر جب زندگی میں ہوش نہ رہ جائے،

رندی اور سرمستی منہ چھپا کر بیٹھ رہے تو پھر وہ زندگی اس ایش ٹرے کے مانند سونی اور اجاڑ ہو جاتی ہے جو استعمال کے بعد ڈالے گئے سگریٹوں کے ٹکڑوں سے یکسر خالی ہو۔''

پھر آکرتی بستر سے اٹھ گئی۔ میری طرف پیٹھ کر کے مسہری کی پٹی پر بیٹھ گئی، میں اس کے انداز پر چونکا۔ سوچا وہ کیا کرنے جارہی ہے؟ مگر میری طرف دیکھے بغیر وہ بڑبڑائی جیسے خود سے باتیں کر رہی ہو۔ میں پورے طور پر اس کی طرف متوجہ تھا۔ آخر وہ کیا کرنے والی تھی؟ اسی وقت اس کی آواز آئی۔

''ایسی ایش ٹرے بس برتنوں کی الماری میں رکھی رہتی ہے اس کے مالک بس ضرورت پر اسے جھاڑ پونچھ کر نکالتے ہیں اس کے بعد پھر صاف کر کے رکھ دیتے ہیں۔ یا پھر وہ ڈیکوریشن پیس بنی رہتی ہے۔ کیا تم نے کبھی محسوس کیا ہے کہ بے ترتیبی، بے ضابطگی اور نراجی کیفیت میں جو ایک رومانس اور دلآویزی چھپی ہوا کرتی ہے وہ بھی قدرت کا ایک عطیہ ہے۔ اس کو برتنا اور اس سے نباہ کرنا مشکل تو ہوتا ہی ہے پھر اس کے رومانس کو اپنی زندگی میں بھوگتے ہوئے خود کے لئے اور دوسروں کے لئے بھی ایک کامگار اور ایش ٹرے جیسی بھری بھری زندگی جینا تو اور بھی مشکل کام ہے۔ کیونکہ وہ زندگی اس ایش ٹرے کی طرح بھری بھری رنگا رنگ اور پر رونق زندگی ہوتی ہے جو مختلف موڈ میں اپنے اندر ڈالی گئی سگرٹوں کے بے شمار ٹکڑوں سے لبریز ہوتی ہے، کچھ چٹکی سے مسلے ہوئے، کچھ یونہی پھینکے ہوئے کچھ ایسی بھی جو ایش ٹرے میں پڑے پڑے دھیمے دھیمے سلگتی رہتی ہے اور ان کا گل سگریٹ کے بقیہ حصے سے منقطع ہو کر جدا نہیں ہو پاتا۔ کچھ راتوں میں لگاتار پی گئیں، کچھ چائے کے بعد آرام سے پورے لطف کے ساتھ پی گئیں۔ پھر آکرتی اپنی جگہ سے اٹھی، کھلی کھڑکی کی طرف بڑھی اور اس کی منڈیر پر باہر کی طرف دنوں پیر لٹکا کر بیٹھ گئی۔ یہ منظر دیکھ کر میرا دل زور زور سے دھڑکنے لگا۔ ایک خوف جو کہیں اندر دبکا بیٹھا تھا ہوشیار ہو گیا، پھر سانپ کی مانند پھنکارا، جس کے اثر سے میں کانپ گیا۔ کہیں آکرتی مجھے بستر پر تڑپتا چھوڑ کر کھڑکی سے باہر پھاند تو نہ جائے گی۔ وہ کچھ بھی کر سکتی تھی ایسا ہوا تو میرا اکیلا کمرہ مجھے قبر کی طرح بھینچ لے گا۔ میری سانسیں تیز ہو گئیں۔ یکا یک میں چیخ اٹھا۔

''آکرتی اس کھڑکی میں گرل (Grille) نہیں لگی ہے۔ میں اسے دن میں بھی کم ہی کھولتا ہوں لیکن میں یہ نہیں جانتا کہ دو ایک راتوں سے میں کیوں اس کھڑکی کو پاٹو پاٹ کھلا چھوڑ کر لیٹتا ہوں اور دل میں اسے کھلے رہ جانے کا خوف بھی نہیں پیدا ہوتا۔''

یہ سن کر آکرتی نے گردن موڑ کر کنکھیوں سے مجھے دیکھا۔ پھر پلٹ کر اپنا پورا رخ میری مسہری کی جانب کر لیا جہاں میں بستر پر سہما سا لیٹا تھا۔ پھر اس نے اپنے دونوں پیر کمرے کے اندر لٹکائے اور مسکرا کر بولی۔ ''ہو سکتا ہے کہ تم یہ جانتے ہو کہ تم یہ غیر محفوظ کھڑکی کیوں کھلی چھوڑ دیتے ہو لیکن میں اچھی طرح جانتی ہوں۔'' یہ کہہ کر وہ کمرے کے فرش پر پھاندی، پھر دوسری جست میں وہ اپنے پورے بدن سے

میرے اوپر تھی اور میرا پورا وجود اس مسرت کے بوجھ کے نیچے پرسکون ہو چکا تھا جو میری گرفت سے نکلتے نکلتے رہ گئی تھی۔

آکرتی کے بوسوں کی بارش نے مجھ پر یلغار سی کردی تھی اور میری گردن کی جلد پر اپنے دانتوں کے نشانوں سے خون اچھال دیا تھا اس کے جنون، طاقت، اور بے دریغی نے مٹھیوں میں بھینچ کر میرے بدن کے کپڑوں کو تار تار کرتے ہوئے کہا تھا۔

''میں دیکھنا چاہتی ہوں۔ دیکھنا چاہتی ہوں کہ کیا چھپاتے ہو تم کپاس کے ان دھاگوں کے پیچھے۔ یہ دیکھو، میری آنکھوں سے دیکھو۔ یہ تمہاری گناہوں سے آلودہ بدخصلت اور بدبودار چمڑی ہے۔ بہت ناز ہے تم کو اس پر تم نے بڑی محنت سے اسے جابر بنایا ہے لیکن جبر قتل سے بھی بڑا گناہ ہے'' پھر اس لڑکی نے میرے ننگے سینے پر دل کی جگہ کان رکھ کر کہا۔

''یہ دیکھو! کباڑ خانے سے خریدی زنگ آلود ہر طرف سے پچکی بدشکل ناکارہ اور بدانجام شرافت کی یہ دھمک سنو۔ منافق ریاکار اور ڈرپوک دھمک بنجر صحرا میں گونجنے والی بھوکی پیاسی شکست خوردہ اور شنیدہ آواز۔ پھر یکایک مجھے لگا کہ وہ اپنے کو سنبھالنے کے لئے کسمسا رہی ہے لیکن انسان ہر وقت اور ہر حال میں خود کو کب سنبھال پاتا ہے اور پھر وہ مجھے شدت جذبات کی اس منزل پر پہنچا چکی تھی کہ جو وہ کر رہی تھی اس کے علاوہ کچھ اور کرتی تو میں شاید اپنے ہاتھوں سے جن کی نسوں میں اب سفاکیت دوڑنے لگی تھی اس کا نرم و نازک گلا دبا دیتا لیکن پھر یہ ہوا کہ میرے ماضی کے زلزلوں اور ان کی راتوں میں بیدار رکھنے والی یادوں کی اندوہناکی کو ایک ناقابل بیان آتش فشانی لاوا اپنے آتشیں سیال کے مدوجزر میں اپنے ساتھ سب کچھ بہالے گیا اور میں اس ہیبت انگیز مگر روم روم میں میٹھی میٹھی سی تھکن بھر دینے والے طوفان کے گزر جانے کے بعد اپنی شکستوں سے چور سوچتا رہ گیا کہ آکرتی میں وہ کونسی مخفی قوت تھی جو مجھ میں نہ تھی آکرتی میری جگہ اور میں آکرتی کی جگہ کیوں نہ ہوا مگر وہ اپنے گھنے بال پسینہ سے تر میرے سینے پر بکھرائے اپنی مانوس آواز میں جو پچھلی آواز سے حیرت انگیز طور پر کوئی مماثلت نہیں رکھتی تھی کہہ رہی تھی۔

''کیا تم اپنے نام کا روضہ بنوانا چاہتے ہو کہ اس پر عرس ہو، چادریں چڑھائی جائیں۔ اتنے بھولے کیوں ہو تم؟ تم قوال ہو ولی نہیں ہو، سب کو سب کچھ نہیں ملتا قوال کو اپنی پشت پر کچھ تالی بجانے والے چاہئے۔ پہلے قوال کے سر ٹھیک کرلوں پھر تالی بھی بجاؤنگی۔ بوند بھر زندگی پانے والے انسان کی کائنات میں جو کچھ غیر محسوس ہے اسے محسوس بنا دینے والی اس رات کا تم کو شکر گزار ہونا چاہئے۔''

مجھے لگا کہ میری زندگی میں آئے زلزلوں کا ملبہ ہٹنا شروع ہو گیا اس کی لاشوں کی شناخت وہ شائد بہت ہی پہلے کر چکی تھی وہ انہیں کتوں کی طرح دانتوں سے کھینچ کھینچ کر ان کی اجتماعی چتا کو آگ دیتی رہی۔ اور وہ کالی رات جس کی دم بہ خود ساعتیں دانتوں میں انگلی دبائے یہ سب دیکھ اور سن رہی تھیں۔ اس

اماوس کی رات کی کوکھ نے میرے لئے زندگی کی نئی بشارتوں، نئے سکھ اور نئے زلزلوں کی سوغاتوں کے جنم دینے والے امکانات پالنا شروع کر دیئے۔ تب مجھے یاد آیا کہ آکرتی نے مجھے اس چڑیا کی رنگت کا پھول کیوں دیا تھا جو زلزلے کی آہٹ پہچان لیتی ہے۔ لیکن میں تو آکرتی کے لائے زلزلے کے بعد ہی اسے پہچان پایا۔ اس دن زندگی میں پہلی بار مجھے یہ انمول تجربہ ہوا کہ ایک عورت باد صبا کا مہکتا ہوا جانفزا جھونکا بھی ہے اور شجر، حجر، دریا، پہاڑ، پل اور محلات کو مسمار کر دینے والا آتش فشانی لاوا بھی اور پھر اس بنجر سے دوبارہ از سر نو گلابوں کی فصل لہلہانے والی باد بہاراں بھی۔ لیکن وہ باد بہاراں ابھی ٹھیک سے تھم بھی نہ پائی تھی کہ آکرتی نے خود کو میری بانہوں میں سے چھڑا لیا۔ چادر بدن پر ڈالی اور کھڑکی پر جا کر کھڑی ہوگئی۔ چوروں کی طرح آہستہ سے اس کے پٹ کھولے باہر کے شدید اندھیرے میں کچھ ٹٹولتی رہی پھر پلٹی، مجھ دو پل دیکھا اور بولی ''میں پورے یقین سے کہہ سکتی ہوں کہ راستے میں اس کھڑکی تک کسی نے لگاتار میرا پیچھا کیا تھا۔ خوف سے میرے پیر لڑکھڑانے لگے تھے'' پھر اس نے مجھ سے سوال کیا ''کیا کچھ بھی نہیں ہو سکتا تھا اگر یہ کھڑکی بند ہوتی؟ میں جو آنکھیں پھاڑے اسے دیکھ رہا تھا یہ سن کر چونک پڑا۔ اس سے پہلے کہ میں کچھ پوچھوں وہ کھڑکی بند کر کے پھر میرے پہلو میں دراز ہوگئی۔ اس وقفے میں ایک پراسرار خاموش پھیل چکی تھی۔ یکایک ایک مدھم سی سسکی سنائی دی میں نے سر اٹھا کر اپنے پہلو میں دیکھا۔ آکرتی تکیئے میں منہ دیئے رو رہی تھی۔

کیا ہوا؟ میں نے گھبرا کر پوچھا

اتنا تو تم بھی مانتے ہو گے کہ زندگی میں ایک کھڑکی ضرور کھلی رکھنا چاہئے۔ پھر اس نے مجھے اپنی باہوں میں لے لیا۔

پھر اس رات کی صبح ہوئی تھوڑی دیر تشویشناک صبح۔ آکرتی نے رسٹ ہاؤس کی ایک خواب گاہ میں کسی حاکم کی گود میں اپنی نیم برہنہ کھینچی گئی تصویر اخباروں کو دے دی تھی وہ بھی کیمرے میں بند اس روداد کے ساتھ جس میں میڈم ایٹ نے آکرتی کو رسٹ ہاؤس میں خود کو سپرد کر دینے کے لئے پابند کیا تھا۔ میں نے خاموشی سے سب کچھ پڑھ لیا، میرے پاس آکرتی کو یہ بتانے کے لئے درست الفاظ نہ تھے کہ اب کوئی کسی کا مستقل حریف نہیں رہ گیا ہے مگر وہ معاشرے کی پریشانیوں سے خود کو جوڑے رکھنا چاہتی تھی۔

ان اخباری دھماکوں سے میڈم کی لابی حرکت میں آگئی تھی، ٹوٹ پھوٹ کی مرمت کی جگاڑ شروع ہوگئی۔ پاور اسٹرکچر اپنی صحت کے لئے اپنی غذا Manupulate کرنے لگا۔ اب میڈیا میں آکرتی دلت دشمن تھی، اونچی ذات والوں کی بد خصلت ایجنٹ تھی، ہمارے لئے جہاں اور مشکلیں تھیں ان میں سے یہ بھی ایک مشکل تھی کہ ہم اپنے عہد اور اپنی دنیا کو وہ جیسی بھی بری بھلی تھی چھوڑ کر کہیں نہیں جا سکتے

تھے۔ میڈم نے دن دہاڑے بھرے مجمع میں یہ اعلان کیا کہ بابا صاحب کی ہی بددعا تھی جس سے آکرتی کا سب کچھ زلزلے کی چپیٹ میں ختم ہوگیا۔

جہاں بھی جو کچھ ہماری پسند کے خلاف ہو رہا تھا ہمارے پاس اسے ٹھیک کرنے کا کوئی وسیلہ نہ تھا البتہ میڈم کے اس حملے کے جواب میں آکرتی کی جانب سے ۱۹۳۴ کے قیامت خیز زلزلے سے بہار کی تباہ کاری جو چشم دید احوال اپنی خودنوشت ''میری کہانی'' میں جواہر لال نہرو نے لکھا تھا اس کا یہ اقتباس شائع ہوگیا۔

''میں زلزلے کے علاقے میں دورہ کر رہا تھا، مجھے گاندھی جی کا یہ بیان پڑھ کر سخت صدمہ ہوا کہ زلزلہ چھوت چھات کی سزا ہے۔ انہوں نے ایسی بات کہی کہ آدمی سر پکڑ کر بیٹھ جائے ...... یہ کہنا کہ انسانی رسوم یا کوتاہیوں کے کوئی اثرات سطح ارضی کی حرکت پر پڑیں گے، سخت حیرتناک ہے۔''

ہم دونوں اب ساتھ ہی رہ رہے ہیں، آکرتی سے میری وابستگی اس کی پہل کا بخشا ہوا ایک تحفہ تھا۔ ہمارے رشتے کنکریٹ کے بنے نہیں ہیں مگر گھر کنکریٹ کا ہے کیونکہ ہمیں معلوم ہے موت پاتال میں بھی پہنچ جاتی ہے۔ ہم دونوں اپنے لان میں روز ہی صبح کچھ لوگوں کی پھینکی ہوئی غلاظت سے بھری مٹی کی ہانڈیاں جو پھوٹ کر محنت اور توجہ سے اگائی گئی نرم اور ہری گھانس پر بکھر جاتی ہیں گھاس کو غلاظت کی تیزابیت سے جلنے سے بچانے کے لئے اپنے ہاتھوں سے صاف کرتے ہیں پھر مٹی کے تیل اور ڈبل روٹی کی اپنی اپنی جستجو کے ساتھ زندگی کے چھوٹے بڑے زلزلوں کے خیر مقدم کے لئے تیار ہو جاتے ہیں۔ لوگوں کا کہنا ہے کہ ساری دنیا ہی ہمیشہ سے زلزلوں کی چپیٹ میں ہے۔

●●

گلاب گھر میں ایک دن

● منشایاد

● یوں تو وہ پہلے روز ہی سے میرے تعاقب میں تھی اور میں کئی بار اس کی گرفت میں آتے آتے بچا تھا۔

لیکن اب کچھ عرصہ سے اس نے گلاب کی خوشبو کے بھیس میں میری نگرانی شروع کر دی تھی۔

وہ ظلمت کدے کی باسی! مگر جو چاہے بہروپ بھر سکتی ہے۔

میں اب اس کے سارے روپ بہروپ پہچاننے لگا تھا اور اسے ٹالنے کی تدبیریں سوچتا رہتا تھا۔

جیسے گرفتاری کے سمن لے کر آنے والے ہرکارے سے ٹال مٹول کی جاتی ہے۔

میں نے ضمانت کی کوشش بھی کی مگر کوئی عدالت اس پر رضامند نہ ہوئی۔

مجھے معلوم تھا شنوائی عبث ہے مگر مین نے کوشش جاری رکھی۔

لیکن ایک روز اس نے مجھے قریبا آ ہی لیا۔

اس روز چھٹی کا دن تھا، میرا کسی کام سے سپر مارکیٹ جانا ہوا۔ واپسی پر حسب معمول کتابوں کی دکان پر رک گیا اور نئی کتابوں رسالوں کا جائزہ لینے لگا۔ اپنے لئے ایک کتاب خرید کر جب میں دکان سے باہر آیا تو مجھے اپنے ارد گرد گلاب کی سی وہی خوشبو محسوس ہوئی جس کے مدھم سے جھونکے گذشتہ کئی ہفتوں مہینوں سے میرا تعاقب کر رہے تھے۔ اٹھتے بیٹھتے، چلتے پھرتے اور لکھتے پڑھتے اچانک لحظہ بھر کو کہیں سے گلاب کی مہک سی آنے لگتی اور میں پریشان ہو جاتا۔ مگر اس وقت فلاور مارکیٹ قریب ہی تھی، یہ خوشبو یقیناً وہیں سے آ رہی ہوگی، میں نے سوچا۔

تھوڑی دیر بعد میں فلاور مارکیٹ کے قریب سے گزرا ہوا تو مجھے خیال آیا۔ کیوں نہ اس کے لئے جسے نرگس کے پھول بہت پسند ہیں، تازہ پھول کا گلدستہ لیتا چلوں۔

صاحب جی گلاب کے کچھ پھول شامل کر دوں؟ پھول فروش نے گلدستہ بناتے ہوئے پوچھا

نہیں

خوبصورت ہو جائے گا

بالکل نہیں

وہاں ہر طرف پھول ہی پھول تھے، مہک ہی مہک اور رنگ رنگ کے رنگ۔ مجھے افتخار عارف یاد آ گئے۔

جس روز ہمارا کوچ ہوگا، پھولوں کی دکانیں بند ہوں گی۔

تم لوگ کبھی دکانیں بند بھی کرتے ہو؟

عام طور پر نہیں سر جی، یہ تو چھٹی کے روز اور تہواروں پر بھی کھلی رہتی ہیں۔

کسی خاص موقع پر بھی نہیں؟

ہاں کبھی شدید بارش یا ہڑتال ہو تو بند کرنا پڑ جاتی ہیں یا پھر کسی پھول والے کے ہاں ماتم ہو جائے تو آدھے یا پورے دن کے لئے بند کر دیتے ہیں۔

اگر کوئی مصور، شاعر یا ادیب کوچ کر جائے تو؟

جی؟

بھئی وہ بھی تو پھول ایسے لفظوں رنگوں کا کاروبار کرتے ہیں۔

میں سمجھا نہیں سر جی

ٹھیک ہے، اس روز بند نہ کرنا۔

کس روز جی؟

اچھا چھوڑو، تم نہیں سمجھو گے۔

گلاب کی مہک لئے ہوا کا ایک اور جھونکا آیا۔ میں نے دیکھا ساری دکانیں گلاب کے پھولوں سے اٹی پڑی تھیں۔ سفید، پیلے، سرخ اور گلابی گلاب۔ طرح طرح کے دوسرے پھولوں کے ساتھ گلدستوں میں سجے، بکسوں میں اترائے اور ٹوکریوں میں پچی پچی ہو کر پڑے ہوئے۔ ہر طرف گلاب ہی گلاب۔ جیسے یہ فلاور مارکیٹ نہ ہو گلاب گھر ہو۔ ان میں مہک ضرور تھی مگر ویسی نہیں جیسی بچپن میں میرے دوست کے کھوہ پر لگے گلاب کی تھی۔ پورے گاؤں میں گلاب کا ایک ہی پودا تھا۔ جن دنوں اس پر گنتی کے چند پھول لگتے وہ اکثر رات کو جب ہم باہر کی حویلی میں سونے کے لئے جاتے، دو ایک پھول توڑ کر لے آتا۔ حویلی خاصی بڑی تھی۔ لیکن جب وہ پھول لے کر پھاٹک میں داخل ہوتا، ہمیں کمروں کے اندر یا چھت پر لیٹے ہوئے خوشبو سے اس کی آمد کا پتہ چل جاتا۔ لیکن اب وہی گلاب جس کی خوشبو کبھی مجھے بہت پسند تھی اور جس کی قلمیں میں دور دور سے لا تا منگا تا رہتا تھا، میرے لئے خوف کی علامت بن گیا تھا۔ ہم نے اسے آہستہ آہستہ اپنے گھر کی کیاریوں سے اکھاڑ پھینکا تھا۔ میں ایسے لوگوں سے ملنے سے بھی اجتناب کرنے لگا تھا جو گلاب کا عطر استعمال کرتے ہیں۔ شام کو بچوں کے قاری صاحب آتے تو میں اپنے کمرے کا دروازہ بند کر لیتا۔ تاہم جب کبھی ایچ ایٹ گریو یارڈ میں چھوٹی سے یا گاؤں میں والدین کی ڈھیریوں پر

جاؤں تو ڈھیر سی گلاب کی پتیاں اور اگر بتیاں ساتھ لے جاتا ہوں۔

میں گلاب کی خوشبو سے تھوڑا گھبرایا ہوا تھا اور جلدی میں بھی تھا، گلدستہ لے کر پلٹا تو گاڑی کی طرف جاتے ہوئے اچانک فلاور مارکیٹ کی ساری دکانیں دائیں بائیں اور اوپر نیچے چکر کھاتی محسوس ہوئیں جیسے زلزلے کا شدید جھٹکا آیا ہو۔ میرے قدم ڈگمگا گئے مگر میں رکنے کی بجائے گاڑی تک پہنچنے میں کامیاب ہوگیا۔ گاڑی میں سوار ہونے کے فوراً بعد مجھے اندازہ ہوگیا کہ زلزلہ کہیں باہر نہیں، میرے اپنے اندر آیا تھا۔ میں جلد از جلد گھر پہنچ جانا چاہتا تھا۔ میں نے گاڑی اسٹارٹ کی اور اتنی کم رفتار سے چلاتا ہوا چل پڑا کہ اگر دوبارہ زلزلے کا جھٹکا آئے تو آسانی سے گاڑی سڑک کے کنارے روک سکوں اور اسٹیئرنگ کی ہارن والی سائیڈ پر سر رکھ سکوں۔ خوش قسمتی سے گھر زیادہ دور نہ تھا۔ میں آہستہ آہستہ ڈرائیو کرتا اور جھٹکے کھاتا تھوڑی دیر میں گھر پہنچ گیا۔ اس نے تشکر کے رسمی الفاظ کہہ کر پھول میرے ہاتھ سے لئے اور خوش ہوکر پھولوں کو سونگھتے ہوئے بولی:

''اتنی دیر لگادی، ضرور کتابوں کی دکان میں گھس گئے ہوں گے''۔

پھر اچانک اس کی نظر پسینے سے تر میرے چہرے پر پڑی اور وہ چونک کر بولی'' کیا ہوا؟''

کچھ نہیں تھک گیا ہوں، گرمی بھی تو بہت ہوگئی ہے۔

آپ دوپہر کو بھی تو آرام نہیں کرتے، ہر وقت لکھنا، لکھنا یا پھر پڑھتے رہنا، چلیں کپڑے بدل کر لیٹ جائیں۔

میں نے کپڑے بدلے اور لیٹ گیا اور معالج کی ہدایت پر تیس چالیس گھنٹے لیٹا رہا۔ جب بھی اٹھ کر چلنے کی کوشش کرتا، زلزلے کی گڑگڑاہٹ سنائی دینے لگتی۔ دل کی گھڑی کی سیکنڈز والی سوئی بار بار رک جاتی۔ میری آٹومیٹک رسٹ واچ بھی ایسا ہی کرتی ہے۔ رات کو جلدی اتار کر رکھ دوں یا صبح کو دیر تک سوتا رہوں تو وہ بھی سو جاتی ہے۔ مجھے سکول اور بائیسکل کی سواری کا زمانہ یاد آتا۔ جب کبھی فری وہیل کے کتے فیل ہو جاتے، اسی طرح ہر دوسرا تیسرا پنڈل خالی جانے لگتا اور نیا فری وہیل ڈلوانا ضروری ہو جاتا۔ میں نے کھانا پینا، لکھنا پڑھنا اور ملنا ملانا کم کر دیا بلکہ اس ڈر سے سونا بھی کم کر دیا کہ کہیں میری رسٹ واچ کی طرح دل کی گھڑی بھی نہ سو جائے۔ مہمانوں سے باتیں کرتے اور ہنستے بولتے بھی ایک ہاتھ دوسرے پر رکھ کر چپکے چپکے ٹھوکریں کھاتی پلس گنتا رہتا، جو روز بہ روز کم ہوتی چلی گئی۔ ساٹھ...... چھپن...... اڑتالیس...... پینتالیس...... چالیس......!

مجھے معلوم تھا آخری منزل اب دور نہیں مگر منیر نیازی کی طرح میں بھی ہمیشہ دیر کر دیتا ہوں۔

ڈاکٹر کو دکھانا ہو، کوئی میڈیکل ٹسٹ کروانا ہو۔

ہمیشہ دیر کر دیتا ہوں۔

اب شاید فری وہیل تبدیل کرانا ضروری ہوگیا تھا۔ وہ تیسرے چوتھے روز مجھے شفاخانے لے گئے۔ وہاں ڈاکٹروں اور نرسوں کے علاوہ گلوں میں ہاروں لاکٹوں کی طرح اسٹیتھو سکوپ لٹکائے بہت سے نوجوان لڑکے لڑکیوں نے گھیرلیا۔

ایک جاتا دواور آجاتے۔ وہ جیسے میرے ہی منتظر تھے۔

میری کلائیاں ایک ہاتھ سے دوسرے اور پھر تیسرے ہاتھ میں منتقل ہوتی رہیں۔

سوالات ہی سوالات۔ معلوم ہوا ایسا یونیک مریض، جو گنتی کے روگ میں مبتلا ہو، انہیں کبھی کبھار ہی دستیاب ہوتا ہے۔

اپنا طالب علمی کا زمانہ یاد آگیا۔ کچھ دیر کے لئے دل بہل سا گیا۔

مستقبل کی ایک دبلی پتلی سی مسیحا میری ٹانگ پر اپنا نحیف سا وزن ڈال کر بولی

اپنی ٹانگ کو پورے زور سے اوپر اٹھایئے۔

''نہیں'' میں نے کہا'' تم دور جا گروگی''

وہ ہنسنے لگی۔ یقیناً اس نے اپنی نوٹ بک میں لکھا ہوگا، بیمار کا حال اچھا ہے۔

انہوں نے میڈیسنز دیں، آکسیجن لگائی، ای سی جی، ایکسرے، بلڈ ٹسٹ وغیرہ۔

پھر مجھے بے مروت مشینوں پر شفٹ کردیا گیا جو حساب کتاب میں بہت ماہر تھیں مگر ہنسی مذاق نہ کرسکتی تھیں۔

اگلے روز انہوں نے انجکشن لگائے، گولیاں اور کیپسول کھلائے اور ایک بڑے سائز کا رومال سا ڈال کر میری آنکھوں کو ڈھانپ دیا کہ میں کچھ دیکھ نہ سکوں۔

اگر وہ ایسا نہ کرتے تب بھی میرا کچھ دیکھنے کا ارادہ تھا نہ خواہش۔ مگر آدمی کو کچھ نہ دیکھنے کا پابند کردیا جائے تو اس کے اندر کی آنکھیں کھل جاتی ہیں اور ذہن بھٹکنے لگتا ہے۔ ایک سے دوسری اور دوسری سے تیسری بات یاد آتی چلی جاتی ہے۔ مماثل چیزیں اور واقعات ریل گاڑی کے ڈبوں کی مانند ایک دوسرے سے جڑے لپکتے چلے آتے ہیں اور آدمی کہیں کا کہیں نکل جاتا ہے۔ میرے ساتھ بھی ایسا ہی ہوا۔ حالانکہ آنکھیں کھلی رکھنے کا بھی کچھ فائدہ نہیں تھا مگر اس سے طبیعت میں ایک اضطراب سا پیدا ہوگیا۔

وہ ابھی ابتدائی تیاریوں میں تھے۔ انہوں نے مجھے اندر باہر سے بے حس کرنے کی کوشش کی جو جزوی طور پر کامیاب ہوگئی، میرا بدن اونگھنے لگا تھا مگر میں برابر جاگ رہا تھا۔ مجھے رہٹ کھینچنے اور کولھو میں جتے بیلوں کا خیال آیا جن کی آنکھوں پر کھوپے چڑھا دیئے جاتے ہیں کہ وہ کچھ دیکھ اور جان نہ سکیں کہ ایک ہی دائرے میں چکر لگا رہے ہیں۔ اسی لئے ڈ چکریں مارتا اور گالیاں دیتا لٹھ بردار ہانکنے والا ادھر ادھر ہوجائے تب بھی مسلسل تعاقب کے خوف سے رکنے یا دم لینے کا حوصلہ نہیں رکھتے اور کیسے رکھیں۔ وہ بے

چارے تو پھر بے زبان ہیں، ڈنڈا برداروں کے سامنے تو اچھا بھلا اشرف المخلوق بھی بیل بکری بن جاتا ہے ورنہ ہم سب برسوں سے ایک ہی دائرے میں چکر نہ لگا رہے ہوتے۔

اچانک چہرے پر پڑے ہوئے پردے سے چھن کر جلد کے باسی پن کو تازگی میں تبدیل کرنے والی کسی جانی پہچانی کریم کی سوندھی سوندھی سی مہک آئی۔ میں روزانہ نہانے کا عادی، مگر پچھلے تین چار روز سے غسل کی اجازت نہ ملی تھی۔ یوں بھی مین ان دنوں ضروری حاجت یا منہ ہاتھ دھونے اور برش کرنے کے لئے بھی واش روم جاتا تھا دروازے کو اندر سے کنڈی نہ لگاتا، مبادا توڑنا پڑ جائے۔ وہ بھی میرے واش روم جانے کے بعد چوکنی رہتی۔ اگر معمول سے ذرا زیادہ دیر لگ جاتی تو پکارنے اور کھٹکھٹانے لگتی۔ ایک دو بار میں نے مذاق میں دیر سے جواب دیا تو اس کی آواز بھرا گئی۔ تب میں نے ایسے مذاق سے آئندہ کے لئے توبہ کرلی۔ مگر اب کچھ عرصہ سے نہاتے ہوئے خیال آتا رہتا تھا کہ پتہ نہیں کونسا غسل ،نہلائے جانے سے پہلے، آخری ثابت ہو۔ اور نہاتے ہوئے میاں محمد بخش کا ایک مصرعہ تو میں اکثر دل ہی دل میں گنگنایا کرتا:

''جس جثے نوں چھنڈ چھنڈ رکھیں خاک اندر رونج دھرنا'' (جس بدن کو تم اتنا سنوار سنوار کر رکھتے ہو اسے آخر کار ایک روز مٹی میں رکھا جانا ہے)۔

ایسا پہلے بھی کئی بار ہو چکا تھا مجھے ٹب میں پاؤں رکھتے اور آنکھیں بند کرتے ہوئے لگتا کہ غسل خانہ کسی پہیوں والے چوبی مکان یا سمندر میں تیرتی کشتی پر بنا ہوا ہے اور میں نہانے کا ارادہ ترک کر دیتا اور 'لہوری نہاؤنی' پر اکتفا کرتا۔ اپ جانتے ہوں گے دیہات کے لوگ لوٹا بھر پانی کے ساتھ گردن سے اوپر کے حصے کو دھو لینے اور خوشبودار تیل لگا کر کنگھی پٹی کر لینے کو لہوری نہاؤنی کہتے ہیں۔

اچانک محسوس ہوا دینی ران میں کسی بچھو نے ڈنک سا مارا۔ پھر اور بہت سے کیڑے مکوڑے کلبلانے کاٹنے لگے۔ پورا بدن لرزنے لگا۔ جیسے ادھوڑی رنگنے کے لئے آرے سے سلائی کی جا رہی اور رنبی سے فالتو چمڑا کاٹا جا رہا ہو۔ عجیب سا احساس تھا جیسے میں تو پانی سے باہر ہوں مگر بدن زیر آب ہے جسے اندر ہی اندر اود بلاؤں نے نوچنا کھسوٹنا شروع کر دیا۔ مگر پھر اچانک روشنی سی پھیل گئی۔ دیکھا تو آنکھوں سے کپڑا تھوڑا سرک گیا تھا مگر یہ کیا؟ سامنے تو کچھ بھی نہ تھا صرف ایک دیوار تھی جس کے ایملشن کا رنگ کبھی آف وائٹ رہا ہوگا مگر اب وہ بے رنگ سی دکھائی دیتی تھی۔ سرد، سپاٹ اور بے رنگ۔ دوسری طرف گردن گھمانا چاہی تو کسی درشت ہاتھ نے منع کر دیا۔ اس سے تو بہتر تھا آنکھوں پر پردہ پڑا رہتا، دیوار پر دیکھنے کو کوئی تصویر، تحریر یا کلینڈر لگا ہوتا تب بھی شاید وقت گزاری کا کوئی حیلہ وسیلہ بن جاتا ہے۔ میر کا شعر یاد آتا۔ '' ہوگا کسو دیوار کے سائے کے تلے میر کیا کام محبت سے اس آرام طلب کو۔ میں بھی تو کچھ نہیں کر رہا، آرام ہی کر رہا ہوں۔ اپنی اور میر کی آرام طلبی کا موازنہ کیا تو ندامت ہوئی۔ کہاں لو سے جھلسا

ہوااور کہاں ائرکنڈیشنڈ سایہ۔

پھراپنا افسانہ ''دیوار گریہ'' یاد آگیا۔ یہ کب لکھا اور کہاں شائع ہوا تھا؟

ارے تیس برس ہوگئے!

اوہ میرے خدا! تیس برس؟

ابھی کل کی بات لگتی ہے، حالانکہ یہ گذشتہ صدی کی بات ہے۔

گذشتہ صدی! میری صدی۔

میری اس لئے کہ میں میرے والدین، بہن بھائی اور بچے اسی صدی میں پیدا ہوئے۔ میں نے لڑکپن، شباب اور پختہ عمری کے سارے سنہرے سہانے زمانے اسی صدی میں دیکھے۔ جن چہروں پر اب جھریاں ہیں انہیں تروتازہ اور شاداب دیکھا۔ جن آنکھوں پر موٹے موٹے شیشوں کی عینکیں لگی ہیں اور ویرانی ڈیرہ ڈالے ہوئے ہے انہیں قندیلوں کی طرح روشن اور چمکتے دیکھا۔ چندھی آنکھوں والے وہ ہیروز اور ہیروئینیں جو اب صابن اور واشنگ پاؤڈرز کے اشتہاروں میں بوڑھوں اور بزرگوں کے طور پر دکھائی دیتے ہیں، ان کے چہروں پر گلاب کھلے ہوئے دیکھے۔ ''فریدا جن لوئن جگ موہیا سے لوئن میں ڈٹھ رکجل ریکھ نہ سہندیاں، سے پنچھی سوئے بہٹھ'' (اے فرید جن آنکھوں نے کبھی ایک دنیا کو لبھا رکھا تھا اور جو کاجل کی دھار نہیں سہ سکتی تھیں ایک وقت آیا جب پرندے ان کے سوراخوں کھوپڑیوں میں بسیرا کرتے تھے۔)

اس صدی میں بہت سے ایسے دن اور راتیں تھیں جن میں ہم سب بہن بھائی، والدین اور بہت سے قریبی رشتہ دار ایک ساتھ موجود تھے مگر لمحہ لمحہ اور سیکنڈ سیکنڈ کر کے وقت کی چڑیاں میری صدی کا پورا کھیت چگ گئیں۔ کبھی کبھی تو شک گزرتا ہے جیسے یہ صدی ہی چھوٹی تھی۔ اس صدی کی ساری گھڑیاں تیز چلتی تھیں اور اس کے دن، مہینے اور برس سب ہی چھوٹے چھوٹے تھے۔ مگر یہ کیسے ہوسکتا ہے۔ قدرت کو کیا جلدی ہوسکتی ہے۔ خدا کو کہیں جانا تھوڑی ہے۔ یقیناً مجھے ہی وقت کے جلدی جلدی گزرنے کی خبر نہ ہوئی۔

وہ میرے آدھے سوئے جاگے بدن میں بل سا چلا رہے تھے۔ میں نے سو سال کو تین سو پینسٹھ دنوں سے ضرب دے ڈالی پھر اس میں لیپ کے پچیس دن ملائے۔ سو ضرب تین سو پینسٹھ جمع پچیس از یکوئل ٹو چھتیس ہزار پانچ سو پچیس دن۔ میں ان دنوں کے گھنٹے، منٹس اور سیکنڈز بنانا چاہتا تھا مگر یہ کیلکولیٹر کے بغیر ممکن نہ تھا۔ یاد آیا کیلکولیٹر ایجاد ہونے سے پہلے میں ایسی بہت سی لمبی لمبی ضربیں زبانی دے لیتا تھا اور مجھے سارے پہاڑے بھی ازبر تھے مگر اس کیلکولیٹنگ مشین نے ذہن کو کند کر کے رکھ دیا۔ مجھے ہی نہیں ساری نئی نسل کو۔ اب بچے پوچھتے ہیں پہاڑے کیا ہوتے ہیں دادا جی۔ سبزی والا بھی اب پانچ

کونو سے ضرب دینے اور اس میں پچیس جمع کرنے کے لئے کیلکو لیٹر استعمال کرتا ہے۔ مگر اب تو مشین کے ساتھ رہنا ہوگا۔ چاہے اس سے چلنے والے اعضا کی اپنی کارکردگی آہستہ آہستہ زیرو ہو جائے۔ پھر بھی میں نے سوچا کوشش کر کے تو دیکھوں اور شاید میں سیکنڈز نہ سہی منٹس اور گھنٹے بنانے میں کامیاب ہو جاتا مگر انہوں نے میری سامنے والی جیب والی جگہ پر میٹیلک چھچھوندری چھوڑ دی جس نے اپنے باریک دانتوں سے آہستہ آہستہ میرے بدن کو کترنا شروع کردیا۔ کسی گہرائی میں چھپا ہوا، گرفت میں نہ آنے والا عجیب سا درد اٹھ رہا تھا۔ مجھے لگا وہاں میرے دل کے اوپر ایک بڑا سا کٹ در پاکٹ شگاف ہو چلا ہے۔

راج کماری اپنی پرسوز آواز میں گانے لگی: ''اک تیر چلا...... ایسا لگا ...... ہائے میرا دل ل ل''۔

اس بد بخت چھچھوندر سے بچنے کا ایک ہی طریقہ تھا کہ چھتیس ہزار پانچ سو پچیس دنوں کا موٹا موٹا ہی سہی، حساب کر ڈالوں۔

جب انہوں نے میری ران میں کسی کنڈ یکٹو دھات کا تار ڈال کر اس میں بجلی کا سا کرنٹ چھوڑا میں صرف اتنا حساب کر پایا تھا کہ اس صدی کے چھتیس ہزار پانچ سو پچیس دنوں میں سے اباکے حصے میں اکتیس ہزار پینتالیس، چھوٹی کے حصے میں اکیس ہزار ایک سو پچھتر اور ماں جی کے حصے میں بارہ ہزار سات سو چوراسی دن آئے تھے۔ فوزی صرف سات سو تیس دن ہمارے درمیان رہی۔ لیکن پھر بھی میں سمجھتا ہوں وہ پیچھے رہ جانے والی صدی ہی میری تھی۔ میرے والدین، بہت سے ساتھی پسندیدہ گیت اور میرا ماضی سب کچھ پیچھے رہ گیا۔ یہ صدی جو میرے بچوں اور ان کے بچوں کی صدی ہے مجھے بونس میں ملی ہے...... تھینک گاڈ۔

اف میرے خدا! اچانک جیسے کسی نے دل کو مٹھی میں لے لیا۔ جیسے لوہار کسی گرم چیز کو سنڈسی سے پکڑتا اور آہرن پر رکھ کر دوان سے کوٹتا ہے۔

''سوری، بس اب تھوڑا سا اور ...... حوصلہ رکھیے'' انہوں نے چھینی سے سوراخ کرتے ہوئے تسلی دی۔

یقیناً وہ نئے پرانے سب داغ بھی دیکھ رہے ہوں گے۔ کہیں وہ ان کے بارے میں کچھ پوچھ نہ بیٹھیں؟

''داغ دل ہم کو یاد آنے لگے، لوگ اپنے دیئے جلانے لگے'' راج کماری کی جگہ اقبال بانو نے لے لی۔

''ہم آپ خوش قسمت ہیں کہ اس زمانے میں ہیں جب یہ قدم ساز ڈیوائس ایجاد ہو چکی ہے'' ایک نے دوسرے سے کہا

سر کتنا عرصہ ہوا ہے

صرف پینتیس برس اچھا

ہاں مگر اس پر بڑی دیر سے تحقیق ہو رہی تھی۔ انیسویں صدی کے آخری عشرے سے۔ ابتدا میں اس کی مخالفت بھی ہوئی۔ جیسا کہ اس قسم کی ایجادات پر شروع میں ہمیشہ ہوتا ہے۔

ہمارے ہاں کبھی چیچک کے ٹیکے پر اعتراض ہوتا تھا، اب بعض علاقوں میں پولیو ویکسین پر ہوتا ہے۔

مگر سر اس میں اعتراض کی کیا بات؟

بہت شور مچایا گیا کہ یہ مردہ کو دوبارہ زندہ کرنے کی کوشش اور قدرت کے کام میں مداخلت ہے"

کمال ہے؟

اس کے بعد تحقیق تو برابر جاری رہی مگر چپکے چپکے

اب انہوں نے آپس میں عجیب وغریب ٹیکنیکل اور مشینی سی گفتگو شروع کر دی تھی۔ وہ ایک دوسرے سے نمبروں اور ہندسوں کی زبان میں مخاطب تھے۔ کبھی لگتا میرے بدن کو چھوٹا سا مکان جان کر اس کی وائرنگ اور پلمبنگ کر رہے ہیں کبھی لگتا جیسے ریاضی اور الجبرے کے سوال حل کرنے کی کوشش کر رہے ہوں۔ وہ شاید کسی سکرین یا کمپیوٹر مانیٹر میں کچھ دیکھ دیکھ کر بوائس کی سیٹنگز کر رہے تھے۔

سانس میں تنگی تو محسوس نہیں ہو رہی؟

ہو رہی ہے

اور درد؟

قابل برداشت ہے

بس تھوڑی دیر اور

لوپرین لینا کب بند کی

کل سے

اوہ اسی لئے

کیا ہوا

کچھ نہیں

میں سمجھ گیا۔ خون بند نہیں ہو رہا ہوگا۔ میں نے ہاتھ بڑھا کر انگلی سے گونگی بہری دیوار پر سبط علی صبا کا بولتا ہوا شعر لکھنا شروع کر دیا: "دیوار کیا گری میرے کچے مکان کی / لوگوں نے میرے صحن میں رستے بنا لئے۔"

کچے پکے مکان!

کچے پکے راستے!

کچی پکی قبریں!

کوڑو فقیرا، بد بختا۔ تجھے کہا نہیں تھا اس گلی نہ جا، اس گلی کے لوگ ظالم ہیں، تجھے پھانسی پالیں گے۔

کیا بات ہے بہت تھکے تھکے لگ رہے ہو، سلام دعا کے بعد میں سرہانے بیٹھ گیا تو پوچھا

ہاں۔تھکا ہوا تو ہوں۔ برسوں بہت بھاگ دوڑ کرنا پڑی۔

کیا بہت دور سے آنا پڑتا ہے؟

ہاں بہت دور سے۔ادھر شمال کی طرف، اسے پوٹھوہار دیس کہتے ہیں

حافظ آباد سے آگئے؟

تم بھی کمال کرتی ہو حافظ آباد تو کچھ بھی نہیں ہے۔وہاں تو ہم تم پیدل بھی چلے جاتے تھے۔

مجھے کیا پتہ میں کبھی اس سے آگے گئی ہی نہیں تھی

حافظ آباد کے بعد وزیر آباد آتا ہے، پھر گجرات، جہلم اور راول پنڈی۔وہاں سے بھی آگے

ساری عمر پردیس میں گزار دی، واپس کیوں نہیں آجاتے؟

وہ اب پردیس نہیں رہا، اپنا دیس بن گیا ہے۔وہاں تمہاری ساری اولاد، بہوئیں اور داماد، نواسے نواسیاں اور پوتے پوتیاں ہیں اور پھر اب وہاں چھوٹی بھی تو ہے"

ہاں اسے اکیلا نہ چھوڑنا۔اس نے پہلے ہی بہت دکھ جھیلے ہیں

مگر ہر بات میں تمہاری نقل۔وہ بھی جلدی چلی گئی

کیا تم اسی کی وجہ سے زیادہ اداس رہتے ہو؟

ہاں تم اگر ماما کا سمندر تھیں تو وہ بھی تو محبت کی جھیل تھی۔وہ مجھ سے چھوٹی تھی مگر اس کی شکل و صورت اور عادتیں تم سے بہت ملتی تھیں۔میں اس میں تمہارا روپ دیکھتا اور چھوٹا تو اسے تمہاری جگہ سمجھتا تھا۔اسے تمہاری صورت بھول گئی تھی۔اس کے چلے جانے سے ہم دونوں کو لگا تم ایک بار پھر مرگئی ہو۔

وہ تو اب کبھی نہ آئے گی مگر تم دونوں آتے رہنا۔تم لوگوں کے آنے سے میر احضوری شاہ (قبرستان) سے بھی تعلق قائم ہو جاتا ہے

چھوٹا آتا رہے گا

اور تم؟

میں کچھ کہہ نہیں سکتا، آسکوں یا نہ آسکوں۔کیا معلوم یہ آخری سلام ہو۔

نہیں، ایسا نہ کہو

میرے کہنے نہ کہنے سے کیا فرق پڑتا ہے

لگتا ہے آپ وقت گزاری اور نشتر کی تکلیف سے بچنے کے لئے کہانی سوچنے میں لگے تھے۔

آپ کو کیسے معلوم ہوا؟

عام طور پر مریض بہت ہائے وائے کرتے ہیں

کہانی تو نہیں اور بہت کچھ سوچا۔ اس عمر میں بہت کوڑا کباڑ ذہن میں جمع ہو جاتا ہے

ناؤ بی ریلیکسڈ۔ اٹ از فنشد

تھینک یو

اس کی فنکشنگ تسلی بخش ہے۔ شیڈول کے مطابق چیک کرواتے رہیں۔ میعاد کے بعد بیٹری ری پیلس منٹ کی ضرورت پڑ سکتی ہے۔

میعاد! میری یا ڈیوائس کی؟

آپ کی میعاد یا گارنٹی کیسے ممکن ہے

ہاں میں تو انسان ہوں۔ مشین تھوڑی ہوں

اگلے روز جب میں خیالوں میں ٹائیٹنک کی روز کو بازو پھیلائے آئی ایم فلائنگ والے سین میں دیکھ رہا تھا۔

اور Celline Dion کی آواز میں مائی ہارٹ ول گو آن گیت گاتے سن رہا تھا۔

ونس مور، یو او پن دی ڈور (Once more you open the door)

اینڈ یو آر ہیئر ان مائی ہارٹ (And you're here in my heart)

اینڈ مائی ہارٹ ول گو آن اینڈ آن (And my heart will go on and on)

اسی لمحے دروازہ کھلا، وہ میرے لئے گلاب کے پھولوں کا گلدستہ لے کر آئی تھی۔ میں نے پھول اس کے ہاتھ سے لے لئے۔

تھینک یو

بہت خوب صورت اور خوشبودار ہیں، آپ کو ڈر تو نہیں لگا؟

نہیں

اب کیسا محسوس کرتے ہیں؟

مجھے لگتا ہے اب میں ایک کوک بھرا کھلونا ہوں، پتہ نہیں کب اور کہاں کوک ختم ہو جائے

آپ ہی نہیں ہم سب مقدر کے ہاتھ میں کھلونے ہیں۔ کوک بھرے۔

●●

زندگی اے زندگی

● شفیع جاوید

● باسوجی سے جب پوچھا گیا کہ انھوں نے گیان آشرم میں کیسا محسوس کیا تو کچھ بولنے سے پہلے ان کا چہرہ جیسے پوری جیکٹ سے زیادہ سرخ ہو گیا۔ کچھ ہی دنوں قبل وہاں کے بودھ ہال میں ان کا پروگرام ہوا تھا اور اس کا کیسیٹ بازار میں آ بھی چکا تھا۔ اس وقت جب جواب دینے کے بجائے وہ سرخ ہو رہے تھے تو ان کی گرل فرینڈ نے کہا" وہاں کوئی بات ایسی نہیں تھی، جسے قابل اعتراض کہا جا سکے ربا Eroticism یہ تو زندگی کی بہت بڑی حقیقت ہے۔ مہا۔ تھارتھ"

"اس کا مقصد"؟

اپنے آپ پر قابو رکھنا۔

پھر آبادی پر قابو رکھنا"

پھر آبادی اتنی کیسے بڑھ گئی"؟ میڈیا والوں کے سوالات کا سلسلہ جاری تھا۔

اس کا جواب بھی دوں گی، گھبرایئے نہیں لیکن یہ تو مانئے گا کہ بھارت کی یکتائی اس میں ہے، کھجوراہو سے نگر بدھو تک۔ وہاں آشرم کا ماحول ہمارے لئے بہت مناسب تھا اور آپ لوگوں کو تو معلوم ہی ہوگا کہ وہاں ایک ہزار سے زیادہ لوگوں میں نوے فی صد غیر ملکی تھے۔ ہم اتنے مقبول ہو چکے ہیں"۔

لیکن میڈم وہ کپڑے اتارن.................."

ارے بھائی وہ تو گرمی، اتنی تھی کہ......

میڈم باسوجی سے آپ کی شادی کب ہوئی؟

ابھی کہاں؟ ابھی تو ہم صرف ساتھ رہ رہے ہیں۔ ہم تو ابھی صرف دوست ہیں، بہت اچھے دوست"۔

ہاں تو میں کہہ رہی تھی کہ آشرم کے ماحول کا ہی اثر تھا کہ ہم لوگوں نے 'آتما' اور 'گگن لوک' جیسے سی۔ ڈی، بغیر ری۔ ٹیک کے ریکارڈ ٹائم میں تیار کر لئے جاتے ہیں ان کے لئے ایسے ہی ماحول کی ضرورت ہوتی ہے"۔ پھر ان دونوں نے ہاتھ جوڑ کر سبھوں کو نمسکار کیا اور مسکراتے ہوئے کہا" معاف کیجئے گا، اب ہمارا دوسرا سیشن شروع ہونے والا ہے"۔

"کیا وہ بھی ویسا ہی..........؟

ہاں! کیونکہ Cyber Multi Media کے لئے یہ بھی تو ضروری ہے نا؟ آج صرف آرٹسٹ ہونا ہی کافی نہیں ہے۔گلوب پر چھا جانے کے لئے انٹرنیٹ — آپ سمجھ رہے ہیں نا؟ چلتے چلتے یہ بھی بتا دوں کہ یہ چھوٹا سا ایڈ بہت چھوٹی سی کوشش ہے، یہ بتانے کے لئے کہ ہمارے 'آتما' اور 'مگن لوک' کس طرح انتہائی تناؤ والی راتوں میں بھی خواب آور گولیوں کا کام کر سکتے ہیں اور بہترین نیند کا تحفہ آپ کو دے سکتے ہیں کسی تکیہ اور ڈرگ کے بغیر یہ Instant نروان آپ کو شئیہ کی حالت میں لے جانے کے لئے کافی ہوگا''۔

...... اشوک چلو یار، کھسکو یہاں سے، اب تو خواب بھی ٹوتھ پیسٹ کے ٹیوب میں بکنے لگا ہے''۔ذرا رکئے اور سنئے، ہم تو خواب بنتے ہیں، خواب رچتے ہیں اور خواب ہی بیچتے بھی ہیں کہ ہم خوابوں کے سوداگر ہیں، یہ صرف ہمارا پانچ منٹوں کا کمرشیل ایڈ ہے، ہم آج اسے بُنتے ہیں تا کہ کل آپ آرام سے سو سکیں اور خوبصورت سپنے دیکھ سکیں''۔

کرشنا نے اشوک کا ہاتھ کھینچتے ہوئے کہا'' سنو یار، اس خوبصورت بلا سے کہو، یہ سپنوں کی باتیں نہ کرے اب تو سب سپنے ٹوٹ چکے ہیں، اب تو صرف اس ٹوٹنے کے کرب کی باتیں ہیں کہ اب کی دنیا تو بے سپنوں کی دنیا ہے کیوں کہ وہاں اس بلندی پر جو لوگ بیٹھے ہیں، وہ ہمارے سپنے بیچ کر ہی تو وہاں پہنچے ہیں، اس لئے چلو فوراً یہاں سے ''

ایک وقت تھا جب کرشنا کی آنکھیں جانے کن خوابوں میں کھوئی رہی تھیں لیکن اب ایسا نہیں تھا اب تو وہ خواب آسودہ ہو گیا تھا کرشنا اور اشوک سے بہت دور ایک تمنا، ایک آرزو اور آنکھوں میں ان خوابوں کے جو ستارے جھلملائے تھے وہ کب کے بجھ گئے پرگتی گرام سے چلتے ہوئے کسی نے کہا ''اس پر یقین کر لو کہ آج جسم ہی ہر شے پر حاوی ہو چکا ہے، دماغ پر بھی، China Gate میں تم نے نہیں دیکھا کہ ارمیلا کا ایک جنسی رقص اس فلم کی ہیروئن کی ساری اداکاری کو پیچھے چھوڑ گیا، یہاں تک کہ پوسٹر پر بھی ارمیلا کی ہی تصویر آئی''۔

باسو جی اور میڈیم کے 'آتما' اور 'مگن لوک' کیسٹ میں بھی یہی کچھ ہے...... Iskon بھی ایسا ہی کچھ ہے کیا؟

نہیں وہاں تو صرف کرشنا مہامنتر ہے...... وہاں سے آگے ایک اور ہی میلہ لگا ہوا تھا لوگوں کی بھیڑ بھاڑ، ایک دوسرے پر گرتے گذرتے لوگ، بازار کا چڑھا ہوا رنگ اور ایک ہجوم سے بھرے ہوئے ایک شامیانے میں کسی کیسیٹ کی آواز کام کرودھ، بھئے، موہ یہ سب ترشنا لیلا ہے، تیرے علاوہ کہیں کچھ نہیں، تو ہی خود کو مارے گا، تو ہی خود کو بچائے گا کیونکہ یہ سپنوں کا جال تو تو نے خود ہی بنا ہے— کسی شخص کو جنم سے نہیں اس کے کرم سے پہچان— اور وہیں رنگین پنڈال میں بدھ کی یاتر، ناٹک چل رہا تھا اور دوسری طرف دھن مشرا راگ

یمن میں گا رہے تھے، گوتم پا یو گیان گیا میں ـــ اشوک نے کرشنا کے ساتھ ساتھ چلتے ہوئے اور ہنستے ہوئے کہا "یار مجھے اب بھی سجاتا کی کھیر کا انتظار ہے" ـــ اور پیچھے جہاں کچھ دیر قبل باسوجی اور ان کی گرل فرینڈ کی پریس کانفرنس ہوئی تھی وہاں اب فیشن شو کے کیٹ واک میں موڈل لڑکیاں مٹک مٹک کر چل رہی تھیں ان کے اور دیکھنے والوں کے درمیان ایک سیال اور حاضر غائب سا حجاب تھا اور ان بے شمار آنکھوں کے سامنے موڈل کے جسم کے اسرار کو نمایاں کرر ہا تھا لیکن کسی نے پہلو تک نہ بدلا۔ یہ کوئی نئی بات تو تھی نہیں اس سے بہتر مواقع ان لوگوں کو ان سے زیادہ بہتر جسموں کو دیکھنے کے مل چکے تھے۔

یہ نمائش کیوں ہوئی؟

کپڑوں کے نئے ڈیزائن کے لئے

یہاں کپڑا تھا کیا؟ تم بتاؤ تمہیں کیسا لگا؟

بہت خوب Transparency ہی تو حسن ہے۔

حسن ہے یا؟

حسن جسم سے الگ کوئی شئے ہے کیا؟

کبھی ہوا کرتی تھی۔ آؤ آگے چلیں۔ جانتے ہو اشوک مجھے یہ سارا کچھ Spiritual سپر مارکیٹ قسم کا معلوم ہوتا ہے جہاں فاسٹ موکش اور فی الفور نروان فروخت ہوتا ہے، نظامیہ کے کباب کی طرح ـــ کرشنا نے اشوک کے کاندھے پر ہاتھ رکھ کر اپنے قدم تیز کر دئے۔ اس کو جلدی جلدی بولنے کی بھی عادت ہے، اتنی جلدی کہ جملے ایک دوسرے سے ٹکرا جاتے ہیں۔ اس طرح بولنے میں اس کا انداز کالج کے نوجوانوں جیسا ہو جاتا ہے جو کسی اڈے یا ڈھابے کی گرما گرم بحث میں تیزی اختیار کر لیتا ہے ـــ "یہ سب تو آج کے Coke ہیں، ایک چلتا ہوا برانڈ، کل کوئی ایسا آ گیا جو ان سے زیادہ Kick دے سکا تو پھر یہ مجمع یہ بازار اسی کو اپنا لے گا اور اب کا معیار تو صرف جسم ہے یا بازار، اشوک وہاں آشرم سے میڈم تک اور ان کے کیسیٹ سے نا ٹک تک سب کچھ صرف بازار ہے ـــ لیکن اشوک اس میں کچھ ایسے جزیرے بھی ہیں جو اس منہ زور سمندر کی تندی کو کم کرنے کی کوششوں میں مصروف ہیں...... کرشنا نے ایک لمحہ رک کر آگے کے راستے کو دیکھا اور ذرا رک کر بولا، آؤ تمہیں ولیم سے ملواتا ہوں۔ مجھے یاد ہے یہاں سے کچھ ہی فاصلے پر اس کا کالج ہے۔ چالیس سال کا ولیم اچھا بھلا تھا۔ سانتا بار برا میں اس کے گھر سے سمندر دکھائی دیتا تھا اور اس کی ماہانہ آمدنی چھ ہندسوں کی تھی۔ جانے کیا ہوا، شاید جسم اور بازار سے تنگ آ کر آج سے تین سال قبل وہ سوامی آتمانند ہو گیا۔ کسی نے پوچھا یہ کیا ہوا، تو بولا میں نے کچھ تیاگ نہیں کیا صرف اپنے پچھلے جنم میں لوٹ گیا ہوں۔ اب پہاڑوں کے ادھر پیچھے کے ایک آشرم میں پڑھاتا ہے، اپنا کھانا خود بناتا ہے اور لمبے لمبے سفر پر نکل جاتا ہے۔ ایسا ہی ایک سفر اس کا ممبئی کا ہوا، جب وہ مجھ سے ملا

اور باتیں کرتے ہوئے اس نے بتایا کہ وہ گنگا پر لکھی گئی اپنی کتاب کو پروموٹ کرنے آیا ہوا ہے۔ اس نے جنم میں وہ کرشن بھگت ہے، جہاں گوشت نہیں، جوا نہیں، ناجائز جنسی رشتے نہیں، کوئی نشہ نہیں، صرف بھگتی اور خود سپردگی اور روحانیت پر باتیں کرتے ہوئے اس نے بتایا تھا کہ یہ صرف خودشناسی ہے اور جب تک تمہارے اندر کوئی طوفان نہیں آئے گا تب تک تم خودشناسی کی منزلوں تک نہیں پہنچ سکو گے اور اس نے یہ بھی بتایا تھا کہ اس کے یہاں لوگ اب مذہب سے زیادہ روحانیت کی طرف مائل ہیں کہ مذہب میں وہ Liberated نہیں محسوس کرتے ہیں اور میں بتاؤں اشوک کہ زندگی کی صلیب اٹھا کر چلنے کے باوجود وہ زندگی میں یقین رکھتا ہے۔ سنا ہے کہ اب وہ کھجوراہو کی دھول پھانک کر یہاں آیا ہے"۔

"یہ جو سب کچھ ہو رہا ہے، یہ نہیں ہونا چاہئے نا؟" اشوک نے چلتے چلتے تھک کر اور اوب کر کہا۔

یہ ہم بھی کہتے ہیں اور چاہتے بھی ہیں کہ ایسا کچھ نہ ہو لیکن ہوتا وہی ہے جو ہم نہیں چاہتے۔ دیکھو چاروں اور کیا ہو رہا ہے؟ کیا ہم یا تم ایسا چاہتے ہو؟

یہ ہی تو ولیم بھی کہتا ہے کہ انسانی اقدار اب ہمیں عزیز نہیں۔ ہم انسانی جذبوں سے عاری ہو چکے ہیں۔ ہمارے پاس خوابوں کی دنیا اور خیالوں کی جنت نہیں رہ گئی، اب تو صرف گگن لوک، اور میڈم کا Cyber Space رہ گیا ہے

اور ان کے بعد؟

کسی اور چیز کی ضرورت نہیں، بس! کام سوتر کا اشتہار دیکھ لو...... کرشنا اپنا یہ جملہ پورا کر بھی نہ پایا تھا کہ دور سے کنچن نے ہاتھ ہلا کر ہائی کہا۔

اچھا ہوا جو تم مل گئیں۔ اشوک نے اطمینان کی سانس لے کر کہا۔ وہ اچانک ہی ان دونوں کے سامنے آ گئی، ویب سائٹ کی طرح، اپنے آپ میں اکیسویں صدی۔ اس کی شخصیت کی اسکرپٹ بہت صاف ہے، شفاف بھی ہے لیکن ابھی تک اس کی کوئی ڈوٹ کام کہانی نہیں بن پائی ہے۔

تم نے Titanic دیکھا؟

نہیں

تو اشوک اس بات کو جان لو کہ تم اکیسویں صدی کے لائق نہیں ہو۔ اچھا مجھے برگر کھلاؤ تو ہو سکتا ہے اکیسویں صدی میں تمہارے داخلے کی وکالت کر سکوں"۔

تم مل گئیں، بڑا اچھا ہوا۔

کیوں؟ بور ہو رہے تھے؟

کام سوتر کا اشتہار پڑھنے کے بعد یہ جی چاہ رہا تھا کہ کوئی تم جیسا مل جائے۔ اچھا کنچن تم نے کون کون سے شاستر پڑھے ہیں؟

میں نے صرف کوک شاستر پڑھا ہے۔ کہہ کر وہ زور سے ہنس پڑی۔

سچ ؟؟

ہاں، بالکل سچ!

اور کچھ نہیں؟

اس کے علاوہ اور ہے ؟ کیا؟

ناٹیہ شاستر بھی نہیں پڑھا؟

نہیں...... ویسے ہی ایک دنیا میرے اشاروں پر ناچتی ہے"۔

"سچ"

تمہیں کوئی شک ہے کیا؟ خود ہی کو دیکھ لو۔

تمہارے ساتھ یہی مشکل ہے کہ تم نے ہمیشہ مردوں کو اپنے قبضہ میں رکھنے کا عمل دہرایا۔ کبھی تو خود کو ہار کر دیکھا ہوتا...... اور تمہارے وہ خواب؟

میرے خواب؟ ہاں تمہارے۔

وہ تو اسی دن — چیز چھوڑو، انہیں میں نے گئی گذری چیزوں کے ساتھ Basement میں رکھ دیا ہے۔ کبھی وقت ملا تو جھاڑ پونچھ کر تمہیں۔

پریشان ہو؟ نہیں

آگے آکسیجن بار کا بورڈ لگا ہوا ہے۔

چلو، لیکن ہجوم میں شامل ہونا میری فطرت نہیں ہے۔ میں اپنی تنہائی کو انجوائے کرتی ہوں، یادوں کے دیئے جلا کر۔ یہ بات مجھے اداس بھی کرتی ہے کہ ہجوم میں شامل ہونے کی صلاحیت مجھ میں کیوں نہیں ہے؟ میں اپنے احساسات کا اظہار کیوں نہیں کر پاتی؟ — لیکن میرے اندر چپ ایسی لگی ہے کہ مجھے اب تک کوئی جواب نہیں مل پایا۔

حقیقت اور فینٹیسی میں فرق کرنا سیکھ لو تو تمہارے جواب بادلوں میں نہیں بھٹکیں گے۔

فاصلوں کی مایا اور یادوں کے جگنو — ان کے لئے کیا کہو گے؟ کچھ دیر دونوں چپ چاپ چلتے رہے، اس کے بعد اچانک کنچن دیوالی کی پھلجھڑی کی طرح ہنس پڑی۔

جب ناراض ہوئی تھی تو چنائی پناہ ہوگئی تھی — یہ سوچتے ہوئے اشوک، کرشنا کی تلاش میں کچھ آگے نکل کر آکسیجن بار میں داخل ہوگیا۔ بار کافی، وی اسکرین ہنس پڑا۔ پھر بہت میٹھے سروں میں گانے لگا۔ تناؤ آہستہ آہستہ دور ہونے لگتا ہے۔ کنچن نے بیٹھ کر آنکھیں بند کرلیں اور آہستہ آہستہ بولنے لگی کیا ایسے میں باسوجی کے کسی کیسٹ کی ضرورت باقی رہ جاتی ہے؟

ہاں اس لئے کہ یہاں سے پرے یہ لوریاں سنانے والا بکس صرف نمائش کی چیز بن کر رہ جاتا ہے۔اس کی آواز میں نو دولتیوں کے لئے کوئی کشش نہیں رہ جاتی۔نوٹوں کی گنتی میں وہ ستاروں کے جگنو اور جگنو کے ستارے نہیں دیکھ پاتے۔ وہ خوبصورت شاموں کو تجوریوں میں بند کرکے Shares کے اونچے نیچے بھاؤ اور نفع، نقصان کا حساب جوڑنے بیٹھ جاتے ہیں، یہاں تک کہ گھر پر روٹی اکڑ کر نکیہ ہو جاتی ہے، بچے اپنے خوابوں میں گم ہو کر سو جاتے ہیں اور ان کی عورتوں کا میک اپ گرتی ہوئی رات کی نمکین ہواؤں میں چپچپا ہو جاتا ہے۔ کرشنا اور کنچن خاموش سنتے رہے اور بار میں ہجوم کا آنا جانا دیکھتے رہے اور وہاں بار میں بیٹھے ہوئے دوسرے، شراب، اچھے کھانے اور فیشن اور اسٹائل کی باتیں کر رہے تھے۔اس وقت ان میں سے کسی نے کہا ''کئی مرد کے ہاتھوں سے گذر کر عورت کاک ٹیل ہو جاتی ہے''۔

لیکن شاید یہ میری سمجھ کا پھیر ہے کہ فلرٹیشن کی زیادہ خوراک سے مجھے ابکائی سی ہونے لگتی ہے

ہاں، چاکلیٹ کی طرح — کہ کچھ دیر کے لئے ایک دوسرے کے لئے دونوں بہت اہم ہو جاتے ہیں، ایک پوشیدہ احساس دونوں کو کچھ دیر کے لئے باندھ لیتا ہے اور تھوڑی ہی دیر کے لئے سہی، چاروں طرف سے خوشیاں، رقص، موسیقی اور رنگ سمٹ آتے ہیں''۔

خوابوں کی طرح

نہیں تھوڑی سی مسرت کی طرح

مگر میرے ساتھ بڑی دقت ہے کہ میں راز کو راز رکھ نہیں پائی، گرچہ عمر میرے لئے کوئی رکاوٹ نہیں.....''

اور میں ہمیشہ اس کا خیال رکھتا ہوں کہ عورت نے جو حدود مقرر کر رکھے ہیں، ان سے آگے نہ بڑھوں۔

عورتیں اس بات کو سمجھتی ہیں کیا؟

اچھی طرح.....لیکن بہر حال...... یہ بہترین تفریح ہے''۔

کنچن نے اوب کر گہری سانس لی، ماتھے کا پسند پونچھا اور چاروں طرف دیکھ کر بولی ''اشوک اب چلو یہاں سے''۔

تھوڑا رک جاؤ، یہ تماشا کچھ دیر اور دیکھ لو......

اور وہ جو باسو جی کے آشرم سے ان دونوں سے پہلے آیا تھا، جوان عورتوں کے حلقے میں خاصا چہک رہا تھا اور ان سموں کو یہ احساس دلا رہا تھا کہ وہ سب الگ الگ اس کے لئے اہم ہیں۔ایک کافی کم سن لڑکی کی کمر میں جب اس نے ہاتھ ڈالا تو اس کی آنکھوں میں جگنو آنکھوں ستاروں کی طرح اور اس نے کہا ''جب کبھی تمہیں شوہر بدلنے کا خیال آئے تو تمہیں میرا موبائل نمبر یاد رہے گا نا؟'' — اور اسی وقت ایک اور بے حد کم سن سی لڑکی الھڑ چال اور تیز قدموں سے اس کے پاس آ کر بولی ''پاپا میرے دوپٹے میں

پن لگا دیجئے، یہ بار بار ڈھلک جاتا ہے''۔ وہ اسے اپنی بانہوں میں سمیٹ کر، دوپٹے کا پن لگا دیتا ہے اور ساتھ والی کم سن عورت کی طرف فاتحانہ انداز سے دیکھ کر مسکراتا ہے۔ دیکھا تم نے، میری بیٹھی کا حسن پور نمائشی ہو گیا ہے نا؟ دیکھو تو لوگ، اس آکسیجن بار میں کس طرح اس کے لئے پاگل ہو رہے ہیں''۔ اس کے بعد وہ دوسری طرف مڑ کر دوسری عورت کے ساتھ رقص کے لئے قدم ملاتے ہوئے کہتا ہے''۔ ان چند دنوں کے تمہارے ساتھ سے مجھے محسوس ہوا کہ مجھے نئی دنیا مل گئی''۔

ہاں ہرنئی عورت، نئی دنیا ہے۔

لیکن فلرٹیشن کے لئے بہت اعلیٰ درجہ کا ہنر چاہئے کہ جرأت ہو اور ملال نہ ہو، چھوڑی گئی دنیا کا خیال نہ ہو''۔

''کسی نے کہا ہے تم نے بھی سنا ہوگا کہ انگریز اور فرنچ دنیا کے بہترین فلرٹ ہوتے ہیں''۔

رقص کے دائرے تیز ہو رہے تھے، قیمتی شراب آہستہ آہستہ اثر کرتی ہے۔

ہاں، یاد آیا ایک شام میں پیرس کی ایک سڑک پر اپنی ماں کے ساتھ ڈرائیو کر رہی تھی کہ ٹرافک سگنل پر گاڑی روکنی پڑی، دوسرے ہی لمحے ایک اور گاڑی بغل میں آکر رکی۔ ڈرائیونگ سیٹ کی کھڑکی سے گردن باہر نکال کر ایک خوبصورت نوجوان نے میری ماں سے پوچھا'' یہاں سے نزدیک ترین ہارٹ ہاسپٹل کون سا ہے؟...... میری ماں نے مسکرا کر کہا'' کیا اب بھی میں اس لائق ہوں؟

سوری آپ نہیں، ادھر آپ کے بازو میں جو بیٹھی ہیں، ان سے پوچھ دیجئے۔ قبل اس کے کہ میں کوئی جواب دیتی، ٹریفک سگنل کی سبز روشنی نے ہمیں جدا کر دیا، اس کے بعد وہ مجھے پھر کبھی نہیں ملا، جانے کس کے ساتھ کس ہارٹ ہاسپٹل کو چلا گیا؟

بڑا بے لوث فلرٹ تھا۔

ایسے لوگ تو یہاں ملتے ہی نہیں''...... یہ جملہ ختم کر کے وہ دوسرے حلقے کی طرف مڑ جاتی ہے تبسم کی نو لئے، جیسے اگلے وقتوں میں شہزادیاں شمع کی جھلملاتی لو میں چلا کرتی تھیں، روشن روشن، دھیمے دھیمے، پھر ایک داخلی مسرت کے ساتھ اس نے اپنے وینٹی بیگ کو کاندھے پر مضبوطی سے لٹکایا اور اپنے پر پیچ بالوں کو جھٹک کر مزید اعتماد دکھایا، اس طرح کے اس کے قدموں کا وقار دونا ہو گیا۔

وہ پرکشش ضرور ہے لیکن حسین نہیں اس کے پاس صرف جسمانی زاویے ہیں، کنچن نے پھر اوبی ہوئی سی ایک لمبی سانس لی۔

دنیا کی بیشتر عورتیں دوسری عورتوں کے بارے میں یہ ہی کہتی ہیں۔

تمہارے پاؤں تھرک رہے ہیں۔ تم کیوں نہیں بڑھ جاتے ہو اس کے حلقے میں؟

کنچن میں نہ گراہم گرین ہوں اور نہ سارتر، میں ایک معمولی آدمی ہوں، مارلن برینڈو اسکول

کاادنی سائمبر۔ یعنی؟

بس !ایک وقت میں صرف ایک''۔کنچن بغیر کچھ کہے صرف مسکرادی۔

باسوجی سے یہاں تک تو کچھ بھی نہیں ہے اشوک ،صرف مہانگری جیس ہے۔

افسردگی اس وقت لازمی تھی اوران دونوں کے درمیان تیسری شخصیت کی طرح موجودتھی۔

چلواشوک باسوجی سے آتما ،اور گگن کیسیٹ خریدلیں''۔اس جبس کے بعدتو نیندبھی غائب ہوجائے گی اور نیندگئی تو خواب بھی گئے۔

کوئی فائدہ نہیں کنچن ، نہ خیالوں کی دنیا رہ گئی ، نہ خوابوں کی جنت ، جو کھو گیا سو کھو گیا، روشنی کی تلاش میں ہی ہم نکلتے تھے نا ، یہاں تک پہنچے ، کیا چکا چوند ہے ،تم بتاؤ یہ اندر کا اندھیرا دور ہوا؟ کنچن حیرت سے اشوک کو دیکھتی رہی۔

ارے کرشنا کہاں چلا گیا؟ کنچن نے چونک کر پوچھا۔

وہ وہاں اس کونے میں کھڑا ہے، جہاں بہت تھوڑی سی روشنی ہے۔

ولیم سے ملنے کے لئے چلنا ہے نا۔

ہاں ضرور کوئی صورت تو نکلے کہ ہم اس جبس سے باہر نکل سکیں۔

کرشنا کے ساتھ چلتے ہوئے اشوک نے پوچھا بھائی تم نے اس سے پوچھا نہیں کہ اس نے یہ تبدیلی کیوں اختیار کی؟

پوچھا تھا لیکن جواب دینے کے بجائے اس نے بہت سے سوال کر ڈالے۔

یعنی کیا؟ پوچھتا ہے کہ شیخ نور الدین ولی نے اپنے آپ کو نندرشی کہلوایا— کیوں؟ بندشوں سے آزاد ہو کر یادالٰہی کے لئے ہی نا؟ اور کہتا ہے عشق پر مظالم ہمیشہ ہی ہوئے لیکن عشق دیکھو ہمیشہ زندہ رہا ہے ،اور آج جب تم لوگوں کو وہاں ،اس کے پاس لے جانے کے لئے میں آرہا تھا تو اس نے کہا تھا پوچھتے آنا ان لوگوں سے کہ جل بالا سے وہ کون فقیر ملا تھا جو ہر شام غروب آفتاب کے وقت مندر کی گھنٹیاں پابندی سے بجاتا ہے کہ اسے سن کر کشمیری پنڈت وہاں واپس آجائیں۔

جب یہ تینوں وہاں پہنچے تو ولیم پہاڑوں کے عقب میں غروب آفتاب کا منظر دیکھ رہا تھا۔ قدموں کی چاپ سن کر ،اس نے گھوم کر دیکھا اس کی نگاہ باسوجی سے بالکل الگ تھی۔واپس ان لوگوں کے ساتھ لوٹتے ہوئے ،وہ ٹھہر ٹھہر کر کہتا چلا ''میں پنسلونیا کے پہاڑوں سے آیا ہوں۔تم اگر پہاڑوں پر یعنی کم ازکم پندرہ ہزار فٹ کی بلندی پر ایک دورات بھی گذار لو تو واپس لوٹ کر تم اپنے کو وہ نہیں پاؤ گے، جیسے گئے تھے۔اگر یہ کہا جاتا ہے کہ ان بلند پہاڑوں پر دیوتا رہتے ہیں تو بلاشبہ اس میں صداقت ہوگی کیوں کہ ان مقامات پر جاؤ تو احساس ہوگا کہ تم دیوتاؤں سے قریب ہو گئے ہو اور کسی وقت بھی ان سے

ملاقات ہوسکتی ہے۔ جب انسان تنہا ہوتا ہے تو یہ سوال ضرور ابھرتا ہے کہ زندگی کیا ہے؟..... اور کس لئے ہے۔ سوایسا ہی ہوا میرے ساتھ۔ تم لوگ جانتے ہو کہ جو ریت کو پانی سمجھ کر دوڑتے ہیں وہ ہی اصل عشق کرتے ہیں۔'' تب تک اندھیرا چھا چکا تھا۔ واپس ہوکر اس نے بے حد سادہ اور مختصر سے لیمپ کو روشن کیا اور مدھم آواز میں بولا'' بھوٹان کی بہت ہی پرکشش فلم The Cup دیکھی تو ایک بے حد خوبصورت دل میں اتر جانے والا منظر اب تک نہیں بھول پایا ہوں کہ بھور کے وقت روایتی لباس پہنے ہوئے کچھ نوجوان بودھ بھکشو خالی کوک کے ایک ٹین سے فٹ بال کھیلتے دکھائی دیتے ہیں۔ ایک معمر بھکشو ان کی اس حرکت نازیبا پر ان کی سرزنش کرتا ہے اور اس خالی کوک کے ٹین کو ان سے لے لیتا ہے اور اسے پرستش کے ایک بلند مقام پر بدھ کی مورتی کے مقابل چراغ کی صورت رکھ دیتا ہے اور مراقبے میں چلا جاتا ہے۔ کافی کی پیالیاں ان لوگوں کے سامنے رکھتے ہوئے ولیم بولا'' یاد آتا ہے کہ لندن کا رو آئل فیسٹویل ہال کئی بار تالیوں سے گونج اٹھا تھا استاد امجد علی خاں نے سرود پر دھنسری پیش رہے تھے اور میتھو بارلے کے ساتھ راگ بھیروی پیش کر رہے تھے تو ایک عجیب سا سماں تھا اور مجھے محسوس ہوا تھا کہ میں دیوتاؤں سے بہت قریب ہوں۔ بھیروی کے انتخاب پر خان صاحب سے سوال ہوئے، اس کے جواب میں انھوں نے خوبصورت بات کہی کہ اس راگ میں وہ سبھی بارہ سروں کا استعمال کر رہے تھے، وہ Fusion تھا اور اس لئے اس کا اثر کچھ اور ہی تھا۔ دراصل بات تو وہی تھی نا، بارہ سروں کا ایک ساتھ شامل ہونا یا شامل کر لینا— اور میں یہاں چلا آیا۔

تم یہاں کب تک ہو؟

جلد ہی چلا جاؤں گا۔ یہاں بھی کچھ نہیں ہے۔ دنیا کو گاؤں بنانے کی کوششیں جاری ہیں لیکن ہم تو اپنے آپ میں جزیرہ ہوتے جا رہے ہیں، پھر یہ گاؤں کس کام کا؟

واپس ہوکر جب وہ تینوں پرگئی گرام سے نکل رہے تھے تو باسوجی اور ان کی گرل فرینڈ کا فوٹو سیشن ختم ہو چکا تھا۔ پریس کانفرنس فیس سوالات کئے جا رہے تھے۔ میڈم آخر آپ تفریح کو کاروبار کیسے کہتی ہیں؟'' اس لئے کہ ہم تو خواب بنتے ہیں، خواب بیچتے ہیں، حقیقت کے سمندر میں خوابوں کے جزیرے۔ ہم تو خوابوں کے سوداگر ہیں''......

کافی آگے نکل آنے کے بعد اندھیرے میں کرشنا کی آواز، اشوک اور کنچن کو یوں سنائی دی—

'' سارناتھ میں مجھے ایک کبیر پنتھی ملا تھا، واپس جانے کے لئے اپنا سامان سمیٹتے اور اپنا اکتارہ اٹھائے ہوئے پوچھنے پر بولا، بیٹا سب دھام، سب استھان، سب گھاٹ دیکھے...... مورتیاں تو بہت ملیں لیکن بولنے والا کوئی نہ ملا''...... پھر کرشنا جانے کدھر چلا گیا، آگے اتھاہ تاریکی تھی۔

●●

اٹھو مومنو!

● نعیم کوثر

● ''اٹھو مومنوں۔سحری کا وقت ہو گیا!''

ٹھاکر مہندر پرتاپ سنگھ کے پرانے محل کی شکستہ دیواریں چھیدتی اور برفیلی رات کی دھند کو دھکیلتی صدا نے نذیرن کے کانوں میں رس گھول دیا۔جھٹ لحاف سے منہ نکالا۔انگلیوں سے آنکھیں صاف کیں اور بغل میں لیٹے کرم خان کو جھنجھوڑا جو کمر کے بل الٹے ہوئے کچھوے کی طرح پڑا تھا۔بیتی دوپہر سے کھانسی اور بخار نے اسے ادھ مرا کر دیا تھا۔

''اب اٹھ بیٹھو۔استری کا وقت ہو گیا!''

فقیر کی دور جاتی آواز نذیرن کے بیٹھ جانے اور پلنگ کی چولیں ہلنے سے کرم خاں نے ہڑبڑا کے سر سے لحاف سرکایا۔

''کرم جلی۔فقیر روزہ داروں کو آواز دے رہا ہے۔مجھے کیوں جگا دیا!''

اسے گھنٹہ بھر نیند آئی ہوگی۔دو بجے تک کھانسی اور چھینکوں نے پسلیوں کا کچومر نکال دیا۔آنکھوں سے پرنالا بہتا رہا۔نتھنوں سے کبھی پتلا اور کبھی گاڑھا اتنا مواد نکلا کہ گز بھر کے مچھے کوزچہ کے بستر کی چادر بنا دیا۔نذیرن نے چار بار ملیٹھی ابال کے پلائی مگر رتی بھر فائدہ نہ ہوا۔بڑی مشکل سے اجوائن چباتے چباتے اس کی آنکھیں بند ہو گئی تھیں۔

پچاس سال پہلے جب وہ بنارس آیا تو جوان تھا اور نذیرن امرود جیسی گدرائی اور بھڑکیلی تھی۔مندروں کے شہر میں سال بھر ناقوس کی ترنگیں بکھری رہتی تھیں لیکن سال کے ایک مہینہ سحری کی مستانی اور دلکش صدائیں گنگا کی لہروں میں ستارے ٹانک دیا کرتی تھیں۔ٹھاکر مہندر پرتاپ سنگھ کی چتا جلے سال بھر ہوا ہوگا کہ بڑے کنور رام پال سنگھ اپنے دوست لالہ کرم چند کی بیٹی کے بیاہ میں بھدوئی آئے۔پتنی اور دونوں بیٹے ساتھ تھے۔کرم خاں کا باپ تحصیل بھدوئی کا پرانا دھوبی تھا۔لالہ جی نے سو سے اوپر براتیوں اور مہمانوں کے لئے اگروال دھرم شالہ میں شایان شان انتظام کیا۔کپڑے لتے عام طور سے سب ساتھ لاتے ہیں لیکن استری کے لئے دس دھوبی پابند کئے گئے۔کرم خان جوان، خوبرو اور گٹھیلے بدن میں سب کو بھا گیا۔خود اس کی ایک مہینہ پہلے شادی ہوئی تھی۔آنکھوں میں لذتوں کا خمار اور ہاتھوں میں امنگوں بھری

ٔبھرتی تھی۔ قیمتی کپڑوں پر ایسی ہنرمندی سے استری کرتا کہ صبح پہن لو اور شام تک ایک بھی سلوٹ ابھر نے کا نام نہ لے۔ رام پال سنگھ اور ان کے دونوں بیٹوں کا کرم خان نے دل جیت لیا۔ محل میں پانچ سو گز احاطے میں دو کمرے تعمیر کرنے، تین سو روپیہ ماہانہ، اور سال بھر کے لئے ایک مانی گیہوں کی رضامندی ہوگئی۔ کرم خاں اور نذیرن بنارس آئے تو بھدوئی جانے کا کبھی نام نہ لیا۔

کرم خاں کو بنارس کی سردیوں کا خوب تجربہ تھا کہ جنوری کا نزلہ زکام حلق میں پھنسا مچھلی کا کانٹا ہوتا ہے۔ نذیرن نے بے وقت جگا دیا۔ اسے لگا جیسے پیتل کی گرم استری کمر پر پھیر دی۔ محلہ کے ہزاروں مکانوں میں مشکل سے بیس گھر تھے جہاں رمضان دبے پاؤں آتا اور سحری ایمان کی زنجیر ہلانے کی ناکام کوشش کرتی آگے بڑھ جاتی۔ نذیرن کو معلوم تھا کہ بیتے پچاس سال میں رمضان کے آخری جمعہ کے دن کرم خاں نے لے دے کر دس بیس روزے رکھنے کی ہمت جٹائی ہوگی۔

''کیا آج جمعہ ہے؟ اس نے ناگوار لہجہ میں پوچھا اور ترچھی نظروں سے دیکھا کہ نذیرن استری میں کوئلہ پر مٹی کے تیل کے چھینٹے چھڑک دیا سلائی جلا چکی تھی۔

''ابھی سے جمعہ کہاں! ٹھاکر صاحب کا سوٹ اور قمیص پریس کرنی ہے''!

گتے کے ٹکڑے سے دو چار بار ہوا کی اور کوئلے دہک اٹھے۔ کرم خاں نے لحاف اوپر کو کھینچ لیا کہ چنگاریوں سے دور ہو جائے۔ چھینکیں کم ہوگئی تھیں مگر کھانسی جان لینے پر اتارو تھی جیسے تیسے بستر چھوڑا اور حلق سے بتاشے جیسے بلغم کا ٹکڑا راکھ کے ڈھیر پر اگلتا ہوا دروازہ کی نالی پر پیشاب کرنے بیٹھ گیا۔

''ارے ارے کیا کرتے ہو۔ باہر جاؤ'' نذیرن تلملا کر چیخی۔

''کھانسی بخار میں کیسے جاؤں۔ لقوہ مار جائے گا''!

نذیرن ایلومنیم کے پیالہ میں گرم گرم چائے لائی۔ ایک ہاتھ سے کرم خان کو سہارا دے کے نالی سے اٹھایا۔ چھینک اور کھانسی نے ازار بند کو غبارے کا دھاگہ بنا دیا کہ بار بار ہاتھ سے چھوٹ جاتا ہے۔ چائے کا پیالہ پلنگ پر رکھ کے نذیرن نے ازار بند باندھ دیا۔ پرانی صدری میں روئی کی گٹھلیاں بن گئی تھی۔ مفلر کہنے کو اونی مگر پرانی خس کی ٹٹی کی طرح چھید ہی چھید کہ سفید بال جہاں تہاں جھانکتے رہتے۔ کرم خاں کانپتا کھانستا پلنگ پر بیٹھا اور دو چار گھونٹ میں چائے پی لی۔

'صبح ڈاکٹر کو دکھا آؤ۔ چلو پریس گرم ہوگئ'' نذیرن نے محل کی وفاداری کا واسطہ دے کر حوصلہ بڑھایا۔ کرم خاں کا ہاتھ پکڑے بڑی ٹیبل تک لے آئی۔ بڑے ٹھاکر اور ان کے مہمان کو کسی منتری جی سے ڈاک بنگلہ ملنے جانا تھا۔ کل شام دو اونی سوٹ اور قمیص محل سے بھجوائی گئی تھیں اور صبح سات بجے واپس پہنچانے کا حکم تھا۔ نذیرن نے جیسا سنا تھا ویسا ہی بتایا کہ مہمان کھرب پتی ہے۔ پورے پردیش میں زمینیں خریدتا ہے اور بنگلے بنا کے بیچ دیتا ہے۔ کئی منتری اپنا کالا دھن اس ہی کے دھندے میں لگاتے ہیں۔ سفید

چمچماتی کار میں آیا ہے۔ بنسی لال نے بتایا تھا کہ پندرہ لاکھ روپے کی کار ہے۔ گرمی میں انجن سے ٹھنڈی ٹھنڈی ہوا آتی ہے۔ باہر لو چلتی ہو مگر مجال کہ اندر کسی کے چہرے پر پسینہ کی بوند بھی ابھر جائے۔ کرم خاں کھانسی پر لعنت بھیجتا خاموشی سے نذیرن کی باتیں سنتا رہا۔ ٹیبل پر پتلون تہیں کھول کر پھیلایا۔ سفید ململ کے کپڑے سے ڈھانپا اور پانی کی چھینٹے دے کر استری پھیرنا شروع کی۔ ٹھاکر صاحب نے نہ جانے کتنے سال بعد سوٹ نکالا تھا۔ فنائل کی گولیوں کی خوشبو سے کرم خان کی ناک میں مرچیں سی لگنی لگیں۔ اس نے مجھے کو اس طرح منہ سے باندھ لیا کہ بس سانس آئے جائے باقی سب کچھ اندر ہی رہے۔ چھ کپڑوں کو سنوارنا دلہن کے حسن کو چار چاند لگانے سے کم دشوار کام نہ تھا۔

''میں نے منع کیا تھا'' وہ گھٹی گھٹی آواز میں بولا ''رحمت کی شادی شہر کے دھوبی گھرانے میں مت کرو۔ مگر تو نے اور تیری ماں نے ایک نہ سنی!''

نذیرن کے چہرے پر پل بھر کو شادابی سی آئی اور پھر اداسی چھا گئی۔ بہو بیٹے کی یاد آئی اور جھریوں نے ہلکورے سے لئے۔ رحمت نے اسی محل میں آنکھیں کھولیں۔ پلا بڑھا۔ پھر کوئی اولاد نہ ہوئی۔ بڑے ارمان سے شادی کی۔ بڑے ٹھاکر نے بینڈ باجے اور بگی کا خرچ اٹھایا۔ دلہن کو چار بنارسی ساڑھیاں دیں۔ نذیرن نے بہو کو بہت کچھ سکھایا۔ محلے کے ہر گھر کے ریتی رواج، عورت مرد اور بچوں کے مزاج کی اونچ نیچ، بھٹی میں کپڑوں کی تعداد کے حساب سے سوڈے کی مقدار کلف بنانے کا مجرب نسخہ اور نیل دینے کا گر۔ اور نیل پر نذیرن کو ملکہ حاصل تھا اور بہو کی گانٹھ میں باندھ دیا تھا کہ یہ دونوں چیزیں دھلائی کی بہت ساری کمزوریوں کو چھپا دیتی ہیں۔ کلف اور استری کپڑے کی شان دوبالا کرتی ہے۔ قمیص کے کالر ایسے کڑک ہو جاتے ہیں جیسے پولیس اصطبل کے گھوڑے کی گردن۔ کپڑوں پر نمبر ڈالنے کا ہنر بھی بتایا۔ کسی پر چوبارہ، کسی پر ایک ترچھا سا خط کھینچ کر اس کے نیچے یا اوپر تین نقطے بنانا۔ جب کپڑے دھل جاتے رحمت گھاٹ سے گٹھریاں لاتا تو انہیں نشانات کے سہارے بہو سے کپڑے چھانٹنے کو کہتی اور منجھی ہوئی گرم مزاج ساس کی طرح تیوریوں سے بہو کی غلطی پکڑتی اور ناک بھوں چڑھا کے کپڑا اچھال کے کہتی ''نگوڑی، کب سیکھے گی سلیقہ؟''

کرم خاں نے اپنے نصیب کو دو چار گالیاں دیں تو نذیرن بھی بھڑک اٹھی۔

''کیوں رمضان میں گالیاں منہ سے نکالتے ہو۔ غلطی تمہاری ہے''۔

بات ایسی نہ تھی کہ ٹھاکر صاحب کو بتائی جاتی۔ چھوٹے کنور صاحب کی چار دھوتیاں آئیں تو اگلے حصے پر خون اور پیپ کے چھوٹے چھوٹے دھبے تھے۔ مہینہ بھر رحمت ایسا ہی دیکھتا رہا۔ گھاٹ پر بھٹی لگانے سے پہلے اس نے دھوتیاں گنپتی لال کو دکھا دیں اور پوچھ بیٹھا یہ کیسے دھبے ہیں۔ گنپتی کی زمانہ پرکھی نظروں نے کڑائی سے دھوتیوں کی چھان بین کی اور منہ بنا کر بولا۔

''کنور صاحب گندی عورتوں کے جال میں پھنس گئے ہیں'' اس نے چاروں طرف خوفزدہ نگاہیں اٹھائیں کہ کسی نے سن نہ لیا ہو۔ پھر آہستہ سے کہتا گیا کہ پیشہ کرنے والی عورتیں عیاش مردوں کو ایسا مرض سونپ دیتی ہیں کہ بوٹی بوٹی گل کر ادھڑ جاتی ہے۔ پورے جسم پر پھوڑے ہو جاتے ہیں اور آخر میں مرتیو ہو جاتی ہے۔ رحمت کے رونگٹے کھڑے ہو گئے۔ اس نے بڑا کڑاہا اٹھایا۔ پانی بھر کے ڈھیر سا سوڈا گھولا اور چھوٹے ہانس سے ایک ایک دھوتی اٹھا کر کڑاہوں میں ڈال دی۔ اوپر سے لوہے کا ڈھکن رکھ دیا۔ کچھ دیر رحمت کو سکون ملا جیسے اس نے زہریلے ناگ کو پٹاری میں بند کر دیا ہو۔ رات کو تنہائی میں اس نے ساری کہانی کرم خان کو سنائی۔ کرم خاں ہکا بکا رہ گیا۔ دل اور دماغ میں کھلبلی مچ گئی۔ رات بھر بے چین رہا۔ اس نے محل کا نمک کیا کھایا رگوں، میں دوڑتا خون بھی غلامی کے آٹے میں گندھ گیا۔ آقا اور نوکر کا رشتہ بوڑھے شیر اور مینڈک کی جیسا ہوتا ہے۔ شیر بھوک میں گھاس نہیں کھاتا لیکن مینڈک کو نگل جاتا ہے۔ دوسری صبح وہ ٹھاکر صاحب کی قدموں میں جا بیٹھا اور چھوٹے کنور کی دھوتی کھول کے رکھ دی۔ کچھ دن بعد چھوٹے کنور کا غصہ آتے جاتے رحمت پر برسنے لگا۔

''کیوں بے دھبڑ کے بچے۔ سارا صابون اور سوڈا گھاٹ پر بیچ دیتا ہے''!

ہفتوں یہ سلسلہ یونہی چلتا رہا رحمت ڈر گیا لیکن اس کی بیوی ایسی بے عزتی برداشت نہ کر سکی۔ صبح شام بنارس چھوڑنے کی ضد کرنے لگی۔ عاجز آکر کرم خان نے رحمت کو محل چھوڑ دینے کی اجازت دیدی تھی۔ سورج کی کرنیں تاریکی کا تہبند الٹ چکی تھیں۔ کرم خاں دونوں سوٹ ہینگر پر ٹانگ رہا تھا تبھی اسے زوردار چھینک آئی۔ منہ سے بلغم کے بے قابو شریر چھینٹے ٹھاکر صاحب کے کوٹ پر جا چپکے۔ اس کی کمزور آنکھیں قیامت کا عکس نہ دیکھ پائیں۔ نذیرن سے کہا۔

''جا، یہ ہنگرس محل میں پہنچا دے'' وہ لڑکھڑاتا پلنگ پر آکر لیٹ گیا۔ تھکن سے چور اور کھانسی سے ذبح کئے مرغ کی طرح پھڑ پھڑاتا اس نے آنکھیں موند لیں مگر دھیری آواز میں رحمت کو برا بھلا کہتا رہا۔ ''بھدوئی لانڈری کھولنے چلا گیا کمبخت!''

''پیرس لانڈری کھولے گا، سال بھر میں لکھ پتی بن جائے گا اونہہ ماں باپ کو دغا دے گیا''۔

اس کے کانوں میں اکلوتے بیٹے کی ڈینگیں رینگنے لگیں۔ پیٹرول سے ڈرائی کلینگ اور بجلی کی استری استعمال کرے گا۔ چمکتے پلائی وڈ کے شوکیس ہوں گے۔

''ہاں ہاں اور باپ کا جنازہ سونے کے تابوت پر اٹھائے گا کتے کا پلا''

''باؤلے ہو گئے ہو۔ میرے بیٹے کو کیوں کوستے ہو۔ بھدوئی میں سب سے اجت دار دھوبی ہے!'' کرم خاں نیند میں ڈوب چکا تھا۔ اسے پتہ بھی نہیں چلا نذیرن محل سے کب لوٹی اور روٹیاں تھوپنے بیٹھ گئی اس کے دو کمرے محل کے احاطے کے اندر تھے۔ وہاں سے بڑے ٹھاکر کے برآمدے کی سیڑھیوں کا

فاصلہ پانچ منٹ کا بھی نہ تھا۔ باہر قدموں کی چاپ سن کر نذیرن نے چولہے کی لکڑیاں باہر کھینچ لیں اور کھڑی ہوگئی دونوں ہاتھ اور انگلیاں آٹے میں بھری ہوئی تھیں دروازہ پر آئی اور بنسی لال اردلی کو دیکھتے ہی بوکھلا گئی۔ کرم خاں اردولی کو یم دوت کہتا تھا۔

''کرمو کہاں ہے؟'' پھٹے ڈھول جیسی آواز میں بنسی لال نے پوچھا۔

''بخار میں تپ رہے ہیں!'' نذیرن گردن جھکائے بولی۔

''اٹھادو، ٹھاکر جی نے بلایا ہے''۔

بنسی لال کے جاتے ہی نذیرن پلنگ کی پائتی پر بیٹھ ہانپنے لگی جیسے میلوں دور سے بھاگتی آئی ہو۔ چولہے کی لکڑیوں سے دھواں اٹھ رہا تھا۔ اس کا دم گھٹنے لگا۔ وہ برسوں سے بنسی لال کو جانتی تھی۔ محل کے ہر فرد کا منہ چڑھا اور چاپلوس تھا۔ تل کا پہاڑ بنانا بائیں ہاتھ کا کھیل تھا۔ کئی بار نذیرن نے بنسی لال کی چغلی پر نوکروں کی چابک سے پٹائی ہوتے دیکھی تھی۔ سب سے زیادہ چابک جنگ بہادر خانساماں نے کھائے۔ اس پر کچن میں کھانے پینے کا الزام ہوتا تھا۔ کباب تلتے وقت دو چار یونہی چٹ کر جاتا۔ دودھ کی بالائی کھالیتا اور ایسا سب کچھ بنسی لال کی آنکھوں دیکھی گواہی کی وجہ سے ہوتا رہتا۔ ایسی شکایتیں سننے کے بعد برآمدے میں شیر دہاڑتا اور جنگ بہادر کی چیں چیں سن کر نذیرن کی چھاتی ڈولنے لگتی۔

''اٹھو، اٹھو'' نذیرن نے کرم خاں کی پتلی پنڈلیوں پر ہلکے سے مکے برسائے، کرم خاں نے گھبرا کے آنکھیں کھول دیں مانو کوئی ڈراؤنا سپنا دیکھا ہو۔ لحاف سینہ تک کھسکا دیا۔

''کرم جلی، مجھے چین سے مرنے بھی نہ دیگی۔ کیا ہوگیا جو کتیا کی طرح پنڈلی بھنبوڑ رہی ہے''!

''بنسی لال آیا تھا۔ ٹھاکر صاحب نے بلایا ہے''!

بنسی لال کا نام سنتے ہی کرم خاں کے کمر بند کی گانٹھ کھل گئی۔ چھاتی میں بلغم کے لوتھڑے پنجرہ میں بند چڑیوں کی طرح پھدکنے لگے۔ بڑے ٹھاکر میں راجپوتی آن بان اور رعب و دبدبہ ضرور تھا لیکن عمر کے آخری پڑاؤ میں مزاج میں پہلے جیسی گرمی نہ تھی۔ لیکن بنسی لال کو بھس میں چنگاری ڈالنے کی بیماری تھی۔ نہ جانے کیا شکایت کر کے انہیں بھڑکا دیا ہو۔ کرم خاں کو ہول اٹھنے لگا۔ کھانسی کے ٹھسکے گنے کی چرخی بن گئے۔

''جاؤنا، برکتوں کا مہینہ ہے۔ تسلی رکھو''! سہمی ہوئی تو نذیرن بھی بہت تھی لیکن صبح فقیر کی صدا سے بیدار ہوگئی تھی۔ اس لئے آس تھی کہ محل میں کوئی انہونی نہیں ہوگی۔ کرم خاں دلاسہ اور حوصلہ پا کے پلنگ سے اترا، چپل پہنی، مفلر باندھا اور باہر نکل گیا۔ خوف اور دہشت سے کھانسی بھی دم توڑتی نظر آئی۔ اسے دس سال پہلے کے ٹھاکر رام پال سنگھ کا انکساری میں بھیگا چہرہ اطمینان دینے آنکھوں میں

گھوم گیا۔ چھوٹے کنور کی شادی کو دو سال ہونے کے بعد محل میں بچے کی کلکاری گونجی تھی۔ مگر پوتے کو دیکھ ٹھاکر اور ٹھکرائن دونوں کا دل بیٹھ گیا۔ لاکھوں روپیہ پانچ سال تک لٹایا جوگیوں رشیوں اور مندروں کے سامنے گڑگڑائے لیکن پوتے کے جسم پر بوٹی نہیں چڑھ پائی۔ کھالوں کے نیچے بانس کی پھچیوں جیسی ہڈیاں گوشت کو ترستی رہیں۔ پانچ سال کا ہونے کے بعد بھی بچہ ہاتھ اوپر نہیں اٹھا سکا۔ سوکھا میلی نے محل کی ساری خوشیاں چھین لیں۔ کسی دوست نے مشورہ دیا تو ٹھاکر صاحب نے جنسی لال سے کرم خاں اور نذیرن کو بلوا بھیجا۔

اس دن جنسی لال کی آواز میں بانسری کا نچلا سر چلبلا ہو گیا تھا۔

''کرمو دادا، ٹھاکر جی نے یاد کیا ہے بجرین بھابی کو بھی ساتھ لانا ہے''!

کرم خاں آرام سے نذیرن کو ساتھ لئے، سیڑھیاں چڑھتے برآمدے میں آ کھڑا ہوا، ٹھاکر رام پال سنگھ کرسی پر اور ٹھکرائن اپنے پوتے کو گود میں لئے تخت پر بیٹھی تھیں۔ کرم خاں اور نذیرن ہاتھ جوڑے کھڑے تھے۔

''بیٹھو کرمو''، ٹھاکر رام پال سنگھ نے اپنے پوتے کی طرف اشارہ کیا اور میٹھی آواز میں سمجھایا کہ راجپوتی وارثت کے چراغ کی روشنی مدھم نہ ہو۔ نذیرن بچے کو گود میں لئے مسجد کے دروازے پر پانچ وقت کی نماز کے موقع پر پہنچے اور وہیں کھڑی رہے۔ باہر آنے والے ہر نمازی سے بچے پر دم کرنے کو کہے گی۔ مگر کسی کو پتہ نہ چلے کہ ٹھاکر خاندان کی عزت نذیرن دھوبن کی گود میں سسک رہی ہے۔ محل چوک کے بیچوں بیچ تھا۔ آگے بانس پھاٹک کے ڈھال سے پہلے مسجد تھی۔ ٹھکرائن نے اپنی پرانی شال نذیرن کو دی اور بچے کو گلے تک ریشمی ہلکی شال میں لپیٹ کے نذیرن کی گود میں آہستہ سے تھما دیا۔ نذیرن خوش تھی کہ اس اہم فرض نے کرم خاں کو کچھ دن کے لئے پنج وقتہ نمازی بنا دیا۔ ایسا نمازی جو گونگا تھا اور اندھے کی لاٹھی جیسا دائیں بائیں چہرہ گھماتا تھا۔ کرم خاں نے امام صاحب کے مشورے سے قمیص کے کالر اور دھوتی کے کنارے پر بنے چوپارہ کی طرح کلمہ زبان پر ٹانک لیا۔

سورج میں نام کو بھی گرمی نہ تھی۔ پہلی سیڑھی چڑھتے ہی کرم خاں کے پاؤں ٹھنڈ سے جمنے لگے اگلی سیڑھیاں آسماں چھونے لگیں۔ اس کو اطمینان تھا کہ ٹھاکر کے پوتے پر مسجد میں دم کیا ہوا کلمہ انہیں آج ضرور ٹھاکر صاحب کے غصے سے محفوظ رکھے گا۔

آخری سیڑھی پر اس کی سانس اکھڑ گئی۔ سامنے کرسی پر ٹھاکر سگریٹ کا دھواں چھوڑ رہے تھے۔ وہ تھکاوٹ اور کمزوری برداشت نہ کر سکا۔ وہیں اکڑوں بیٹھ گیا جیسے خود اپنی قبر میں دو مٹھی مٹی ڈالنے کا ارادہ ہو۔ اس نے بجھی آنکھوں سے دھوئیں کے پیچھے سے دیوار پر لٹکے بھورے رنگ کے چابک کو دیکھا جو

سانپ کی طرح اس کے جسم کو لہرا گیا۔ کرم خاں کی سوکھی چمڑی کا بال بال سرسرانے لگا۔ وہ سانس کو قابو میں رکھنے کے لئے چھاتی پر ہاتھ پھیرنے لگا۔

''کرمو! بڑے ٹھاکر کی آواز نے اس کے کانوں کی لووں میں چھید کردیا۔

''جی سرکار، حکم'' بڑے ٹھاکر نے ایش ٹرے میں سگریٹ رکھی اور ہینگر کی طرف اشارہ کیا۔

''میرے کوٹ پر دھبے کیسے ہیں؟''

کرم خاں نے ماتھے پر ہتھیلی سے چھاؤں کرتے آنکھوں کی پتلیاں نچائیں۔ اسے ٹانگین وجود کھوتی محسوس ہوئیں۔ ٹخنے سے پنڈلی کے اوپر تک پانجامہ کی بخیہ ادھڑنے کی چٹ چٹ سنائی دی۔ پل بھر احساس ہوا کہ ہینگر پر کوٹ نہیں اس کا لاغر جسم جھول رہا ہے۔ آواز کاغذ کی ناؤ جیسی ڈوب گئی۔

''سرکار، رات بہت ٹھنڈی تھی۔ اس کرم جلی نے دو تین اپلے جلادیئے۔ بوڑھی آنکھ سے آنسو کی بوند ٹپک گئی ہوں گی۔ معاف کردیں مائی باپ''!

''چل چھوڑ، ہوش میں آجا۔ گھبرا نہیں اور دھیان سے سن''!

ٹھاکر صاحب کے رویہ میں تبدیلی دیکھ کر کرم خاں کا خوف بھی کم ہوگیا۔ انہیں نے بتایا کہ سورگیہ پتا جی اسے بھدوئی لائے تو پانچ سو گز کا احاطہ دیا تھا۔ اب اس کے دو ہزار روپے فٹ سے نوے لاکھ میں سودا ہو رہا ہے۔ کنور بابا کو امریکہ پڑھائی کرنے بھیج دیں گے۔ محل کو بھی ٹھیک ٹھاک کرلیا جائے گا۔ احاطے میں پانچ منزلہ شاپنگ کمپلکس بنے گا۔ کرم خاں کی نظروں میں دس سال پہلے کے ہڈیوں کا ڈھانچہ جیسے نذیرن کی گود سے اچھل کر بہت اونچا اور طاقتور ہوگیا۔ اور نذیرن اس کے بوجھ تلے دب گئی ہو۔

''سرکار سب کچھ آپ کا ہے، مجھے حکم دیں''!

''تمہارا خیال رہے گا کرمو''! ابھی رحمت کے پاس بھدوئی چلے جاؤ، کام پورا ہونے پر بلوالوں گا''۔

رات گئے سر پر سامان رکھے محل کے احاطہ سے باہر آکر کرم خاں نے رکشا روکا اور نذیرن کے ساتھ بس اسٹینڈ کی طرف چل دیا سویرے پانچ بجے بھدوئی کے لئے بس روانہ ہوتی تھی۔ دونوں ویٹنگ ہال میں بستر کھول اور لحاف اوڑھ کے لیٹ گئے۔ کرم خاں منہ میں چمچہ بھر اجوائن دبائے سو گیا۔

''مومنو اٹھو! سحری کا وقت ہوگیا!'' گذری رات کی طرح، نذیرن گھبرا کے جاگ گئی اور کرم خاں کو جھنجھوڑنے لگی۔

''اب اٹھ بیٹھو، بس جانے کا وقت ہوگیا''

بس مسجد اور مندر سے دور اور بہت دور ہوتی گئی۔